U0932943

魅丽文化

SUNNY
心晴坊

# 越野 越美 越灿烂

YUE YE YUE MEI YUE CAN LAN

美文日赏 |主编|

Be wild be shining.

江苏凤凰文艺出版社
JIANGSU PHOENIX LITERATURE AND ART PUBLISHING, LTD

时间越长，恋爱的温情会化作亲情，角色也在岁月里变化，每个人都在扮演一个孤单的角色，在纷扰的人群里孤军奋战。

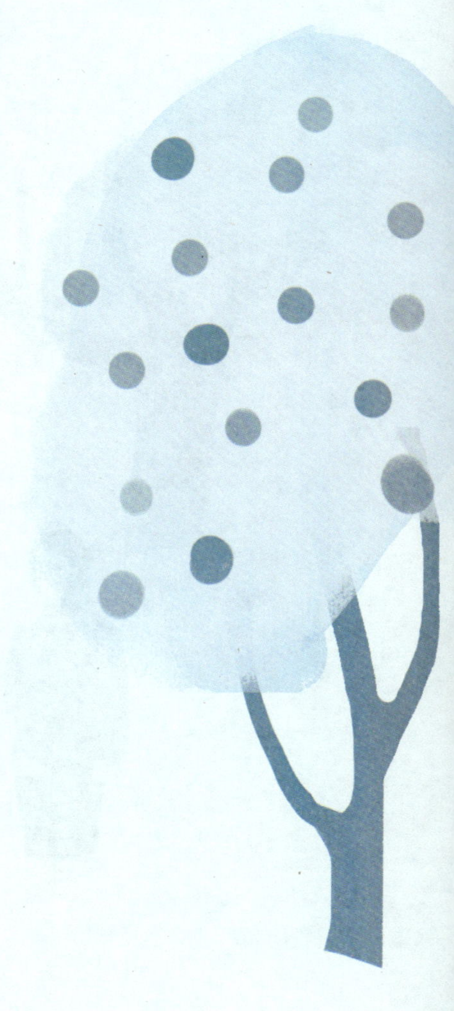

年轻的时候你所定居的城市会影响到你将如何度过你的一天、一月、一年，更重要的是，它会浸透在你的性格里，悄然改写你的命运走向。

我是真的希望那个不认识的你啊，能够想清楚自己到底想要什么样的生活，这也许会花费很长时间去思考，但没关系，至少比你打算一辈子待在自己不喜欢的圈子里享受安逸要好得多。

一直冷面昂首往前走的女孩，也不是那么酷的，你这么努力这么累，你穿了那么贵的高跟鞋，你涂了那么撩人的口红，你背着自己的包，装着自己的故事，可不是为了到最后一个人无依无靠。

年轻时，我们之所以不顾一切去看高山大川、天光云海，只不过是想在某一天，途径某个人的盛放时，驻足得更有底气。

人一生分四季，谁也不知道冬天什么时候来。

我们拼尽一切，想要活成自己想要的模样，可是在追寻的过程中，我们是否忘记了自己的本意，渐渐地和理想中的自己背道而驰？

经年之后，历经了几个春
夏的轮回后你就会明白，
人生路长，指路的人太多，
终究还是要自己掌舵。

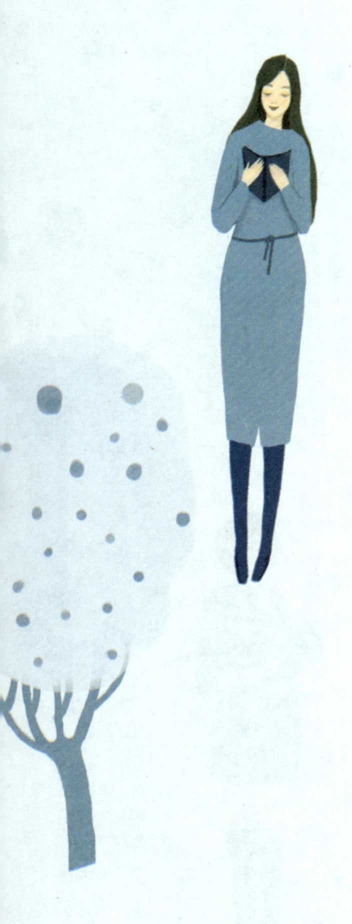

家不是让你待着的地方，
而是让你去远方的时候，
心里想着的地方。

我们的人生其实就是一座转动着的摩天轮，你不知道它什么时候会转动，也不知道它什么时候会突遇故障而停止。但你要知道，那些突遇的故障总有一天会被修复，受过的磨难也终会成为你成功路上的宝石，当摩天轮重新开始转动，我们也便又开始有了新的期待。

## 第一部分
## 你想要的未来，终会抵达



## 第二部分
## 纵有疾风起，人生不言弃

目录

CONTENTS

## 第三部分
## 愿你出走半生，归来仍是少年



## 第四部分
## 刀剑尚未配齐，走出已是江湖

## 第五部分
## 斯人若彩虹，遇上方知有



## 第六部分
## 走过荆棘，涅盘而生

# 第一部分

## 你想要的未来，终会抵达

# 那些谁也不靠的女孩最后都怎样了？

——　文 | 王大纯

1

五一假期我回家了，和几个好久不见的朋友见了面，一起去一家新开的餐厅吃饭，热热闹闹地聊了半天。

其中有一个在上海工作的朋友说，最近觉得在外工作有点累，无依无靠的，常常冒出想回家的念头，想做温室里的小女孩。

这个话题一开，每个人都像打了兴奋剂，谁不是呢！

做一个独立女孩也太难了吧，尤其是每天写稿写到脊椎难受时，我就觉得赚钱也太难了，养活自己也太难了。

其实讲真的，有时候，我也想住在超大的房子里，戴着我老公买给我的钻戒，开着我老公买给我的车，摸着我老公买给我的包，工作也不忙，没事了就跷着二郎腿逛逛淘宝、看看电视剧。我想做一个快乐的寄生虫，靠我爸妈养，靠我老公养，老了靠我孩子养……

但是，大部分时候还是白日做梦一下，也不是谁都那么好命能做寄生虫的。

不过虽然没有资本做一个无所事事，生活平淡到只有别墅、跑车和小狼狗的富婆，但是回家后最起码也不会像现在这么累吧，家里还有亲戚朋友可以当靠山，做什么都会容易点。

这次回家我妈就说："又到老师编制考试的时间了，再给你次机会，要不要回来？"

我想也没想就拒绝了。

喊累也算是一种无病呻吟、一种潮流，不说自己累就不算是当代年轻人。

可大部分还是在过嘴瘾，就像那个上海女孩，我问她计划什么时候回来，她也嘻嘻哈哈说等卖身卖出个高价。

2

我认识一个女孩，她刚到北京，实习工资只有三千多。

在北京三千块一个月什么概念？意味着住一个小单间都得和人合租，意味着吃饭要精打细算，意味着晚上不能出去玩太晚，不然要错过末班地铁，打车很贵的。

我知道她家里其实挺困难的，她很小时候爸爸就去世了，妈妈一个人把她带大，她不能向家里开口说工资不够花，相反，她每个月还会打钱给家里面，帮弟弟缴学费。

为了增加收入，她又找了一份兼职工作，每晚忙工作忙到差不多子夜一点。

好几次看到她我都觉得挺心疼的，虽然现在大家都熬夜，可是玩手机、打游戏、谈恋爱的熬夜和赶项目干活的熬夜不是一种熬，费心费脑让她整个人看起来很疲惫。

“熬过这段时间就好了吧。”她和我聊天时还总是给自己打气，“虽然在北京也没什么人可以靠，但是很多人都没人依靠，还不是照样可以过得很好。”

她是真的没有人可以依靠，相反全家人都在靠她。

她偷偷和我说，其实前一个公司的已婚上司和她说过，想让她做他的女朋友，工作可以装装样子做一做，钱他单独再打给她一份。

“说实话，我当时有点动摇，他随随便便给我发个红包就相当于我本职工作再加上兼职工作两个月的工资，我心动了好久，觉得这个人是来解救我的。”

但后来她没有把这个男上司当作救世主，她就辞职了。

“我不是圣人，不觉得愧对他的家庭，我只是自己接受不了，像做贼，没办法心安理得，这种依靠给我的不是安全感，全是如履薄冰。辞职了累点就累点吧，好在不像扛着雷生活，因为我不光想要他的钱，还想要他的人，这就有点危险了。”

成年人的世界里，有时候光有钱也是不够的，钱以后可能可以赚到，也可能赚不到，但是待在一个人身边不慌乱，这是钱解决不了的。

3

很多女孩子都经历过这样的诱惑吧，可能也想过走捷径，来让自己多一份依靠，但是最后还是选择了一个人撑着，直到遇到那个想要执手一辈子的人。别怕，那些被你忽视过的人，错过也就没有多值得，错过就不是正确的选择。

我之前总觉得一个女孩子要足够独立，要足够自主，不能做弱者，因为这个世界会让弱者更弱，只有弱者才需要去依靠别人。

但是后来我觉得可以有所依靠的人是幸运的，当然我说的依靠指的不是物质上的，而是情感上的。

物质这种东西虽然诱人但是不够长久，如果我认识的那个北京女孩遇到一个更会讲话做事的男人，遇到一个愿意给她钱给她感情的人，她应该不会想着逃走。

还有什么比一个人把你抱在怀里，轻轻和你说“宝宝别怕，什么都有我呢”更让人觉得安心呢？而且还给你钱……

当然我说得肤浅了，一个人给你支撑，哪怕这个人是个穷光蛋，你也觉得有了靠山。

我们很多人在找的，其实是一种他有十万块钱给你八万块钱的安全感，而不是他有一百万也只给你八万的施舍。

不过，后来我又想了想，我们真的是无依无靠吗？

也不是的，说自己无依无靠才是矫情了。

我遇到过特别好的老板，他们曾教过我很多，教我为人处世，教我一技之长，告诉我一些经验，给我指路；我遇到了特别好的朋友，互相帮助（主要是他们帮助我），也遇到过拉着我的手说以后的路要好好走的人。

我们说的谁也不能靠，只不过是找不到人给我们捷径罢了，只是没有人能让我们不劳而获。

可是没有捷径可以走的人，就注定要一辈子累下去吗？也不是啊。我不觉得北京姑娘要永远打两份工，也不觉得上海女孩会一直觉得很累。

有一天你也会过上舒服和轻松的生活，所以有些经常私信给我的女孩，你们也不要怕，不要把自己搞得太紧张。

会有人想伸出手臂给你大大的拥抱，想做你深夜里可以打电话的知心人，也会有人想做你生病时陪你去医院的小天使，更会有人想做你低落时第一个想起的人。

当你想要依靠谁时，别怕，尽管依靠好了，身体很累就很辛苦了，让情感也有个地方落脚吧。

一直冷面昂首往前走的女孩，也不是那么酷的，你这么努力这么累，你穿了那么贵的高跟鞋，你涂了那么撩人的口红，你背着自己的包，装着自己的故事，可不是为了到最后一个人无依无靠。

## 为什么有些姑娘人生像开了挂？

——文 | 陈大力

这篇文章来自于一条私信。

发私信的是一位大三的姑娘，她说自己很自卑，因为她对床的室友实在太优秀了：家境好，随手买的包约等于别人一个月的生活费；成绩好，国家奖学金年年拿到手软；身材好，发全身照从来不用P，已然腰细腿长。不仅如此，她还有个感情稳定的男朋友，是一个温柔稳重的学霸。

姑娘说，每次看到她，都觉得自己非常失败，为什么同样的年纪，自己就一无所有呢？

我跟她讲了个故事。

我学新闻，大二的时候采访过一个做自媒体的姑娘。她即将毕业，仅年长我两岁，但人生履历已经十分丰富：开原创工作室、经营自己的团队、接受多家媒体的采访、认识行业大佬。她大二的时候，就已经租得起很贵的上海市区两室一厅的公寓，挣得到每月五位数的零花钱，现在她大四，别人还在愁一个月五千的薪资，她已经月入十万，正在攒一辆跑车的钱。她活成了被自己包养的状态。

更重要的是，她不仅有财，还有头脑，四年来成绩一直名列前茅，最后被保送去名牌大学读研究生。

她还长得美。

说实话，我采访她之前，心里是很酸的。人类天生爱比较，爱算计斤两：命运分给我的粥，凭什么就比别人的稀一点呢？

我的嫉妒止于她告诉我，抛开光环后，她的真实生活其实很狼狈。她从大一就已经开始阅读很多枯燥的商业书籍，一边学习，一边想办法挣启动资金，她永远嫌自己穷，嫌自己没内涵，所以别人休息的时间，她都拿来恶补。她曾经低声下气地说服客户，也曾灰溜溜地吃亏，大包大揽地扛下所有破事带来的委屈，业内的前辈当着她的面挖苦数落，她也只能奉上笑脸。

她的拳头都握在心里。

那天我就想：为什么我们总是会觉得有些人轻飘飘地就把你想要的一切都拥有了？

因为他们为之挥汗拼命的时刻，你都看不到。你只知道眼前这个姑娘自给自足，很争气，学历高，收入高，挎着香奈儿和你言笑晏晏，你看不到她所有深夜痛哭的时刻，你不知道她在哪里跌过跤，伤口曾有多难看。她熬过来了，才有了今天。

柴静在《看见》里说：每个轻松的笑容背后，都是一个曾经咬紧牙关的灵魂。

每个出类拔萃的人，都为他现在所站的位置，付出了很多很多。

昨天我查到了自己的考研排名，专业第一，这意味着我可以去自己心仪的学校了。

深夜，一位学妹过来说："学姐，你真是我心中人生开挂的代表啊。"

然后她讲，她如何羡慕我一边考研，一边写字挣很多钱，好像很轻松就把很多人的梦想都实现了。

但我在心里想，很轻松吗？明明是双倍的累。

我所有头昏眼花赶稿的日子、不管风吹雨打泡图书馆的日子，绝大多数人都看不到。别人只看见我建好了一座精致的城堡，围在城堡外对我赞不绝口，但只有我自己知道，我是怎么一砖一瓦堆高它的。

我被砖石砸过脚，胳膊布满误伤的淤青，在灰头土脸的日子赶工，疲惫地负重，这些你都不知道。

你只知道城堡我建好了，建得很气派。于是你跟别人说："你看那座城堡的主人，她多幸运。"

不，一点也不幸运，和"开挂"一点关系也没有。我实在是吃过太多太多苦了，才敢觉得这些奖赏我都配，这光荣我都担得起。

坐享其成，是这世界上最不实际的奢望。

别人在图书馆奋笔疾书时，你在被窝里酣畅地沉迷睡懒觉。

别人在健身房里挥汗如雨时，你在空调房间里怡然地翻阅着社交软件。

别人在为了深造报班考证时，你在商场购物，流连忘返。

最后别人拿了奖学金，有了好身材，收到了来自梦想学校的offer（录取通知书），你就惊叹："天哪，你的人生真是开挂了。"

你只顾着把付出交给鸡汤，把前程交给锦鲤，自己呢，本职不做好，爱好不发展，未来不考虑，瘫在沙发上盼望理想人生从天而降，你好顺势抱个满怀。

认识一个圈里的姑娘，写的文章篇篇爆红，稿费颇高。很多人酸溜溜地说她运气真好，每次写的话题大家都正好爱看。但在一片唏嘘声中，我心里知道哪里有什么"正好"，她是因为默默无闻地给杂志社写了十年的稿子，才厚积薄发有了今天的成绩。

请姑娘们务必遵循一句话：少问"凭什么"，多问"为什么"。

先别埋怨"凭什么别人什么都有啊"，静下心来想想"为什么别人什么都有"，或许你就能懂，含金汤匙出生的只是少数，大多数人的人生，倘若比你的更好，一定是因为他付出的比你多。

所有人生"开挂"的姑娘，都为她们手中的好时光，闷头努力过很久，只是你不知道罢了。

# 这些年，每一个人都在自己的生活里孤军奋斗

——文 | 云朵默

1

昨晚，我因肠胃痉挛及重感冒卧床，恍恍惚惚三十多个小时，浑身酸痛，一个人躺在床上，多盖了一床被子还是感觉冷。

朋友给我发微信消息，我强撑着点亮手机屏幕，还是没有一丝力气去和她聊点什么。

第一反应，我会死掉吗？

我已经连打个电话通知楼下的姐姐的意识都没有了。

紧接着是一个恐怖的问题飘忽在脑海里：如果我死了，会多久被人发现？

母亲年事已高，除了通话，她极少上门来看我，如果电话打通了我没接，她也准以为我在忙，或者没听见，会过几天再打。

至于住在我楼下的姐，我甚至都不敢指望她，我们一层楼之隔，我能每天路过她家，她却从不踏入我的家门，我与她更像熟悉的陌生人，呵呵。

身边应该不会有突然怀疑我死掉的朋友，我一个人居住一年有余，从来没有一个人来过我的住处。

如果我没去单位上班，领导顶多会让行政部打电话问我怎么回事，然后整个公司还是正常运作，行政部如果连续打不通也会估摸着我是旷工，也就按旷工处理。

同事应该会估摸着我有什么事所以没来，傻乎乎地帮我打掩护。

微信群几十个人，就算一个人很久不冒泡，也不会有人满世界地找。公众号太久没更新，可能会有人在后台问问我怎么没更新，可是久久得不到回应，一气之下也就取消了关注。

我被发现时估计已成为一具干尸。我努力地呼吸，真怕自己断气，然后不知不觉睡去。清晨一束刺眼的阳光从窗外照射进来，我苏醒了，庆幸自己还活着，拖着浑身酸软的身体，笨拙地穿上衣服，喝了床头的冷水，扶着墙向楼下就近的诊所赶去。

不是矫情，而是一个人病了就会脆弱，脆弱地在自己的世界里咬牙前行。

在我们最需要有一个人依靠的时候，往往到最后都是自己挺过去。

2

某天跟同事聊天，同事说她没有家。

我惊呼，她怎么可能没有家，她已婚五年，孩子三岁，老公在一家金融公司上班，这不是她的家吗？

她说，她是没有自己的家。

我错愕，现在的三口之家不就是自己的家吗？

她说她怕，怕万一哪天不幸，婚姻破裂无处可去，所以极力小心翼翼地维护着。

我骂她一天到晚想太多，这是不可能的事。

结果她的理论把我推翻了，她说："你知道为何在婚姻里，我们要去维护、去隐忍、去妥协、去包容、去接受吗？"

我偏着脑袋说："我当然知道，不就是为了自己的家，舍弃所有的个性吗？"

"对！为了这个家，万一包容不了、忍不了，这个家就会土崩瓦解，我该去哪里？"她说。

我想都没想就说："你回娘家啊，父母总不会不管你吧？"

她冷冷地笑了，意味深长的样子。

"父母年事已高，我可以回家蹭一两个月，可能蹭一辈子吗？而且弟弟已婚，回家还能有我这嫁出去的女儿的落脚点吗？岁月越苍老，再深的血浓于水的亲情，也会因为各方面的因素发生变化，帮助是一阵子，不会是一辈子，万事还得靠自己。"

"你离了婚，男方总得给你一点补助嘛，别担心。"我说。

她又笑了，这次她只说了一句话："看你遇到怎样的人。"

我不解，但也没有多问，因为听了太多身边已婚者的故事，我才发现婚姻里虽说是两个人，但是在生活里，更多的是一个人在婚姻里前行。

一个人上班、一个人做饭、一个人接孩子、一个人在深夜落泪、一个人做很多事，学会曾经未嫁时不会做的事，参不参与还得看对方是怎样一个人。

时间越长，恋爱的温情会化作亲情，角色也在岁月里变化，每个人都在扮演一个孤单的角色，在纷扰的人群里孤军奋战。

3

我认识一个四十岁的大姐，三十岁结婚，孩子两岁的时候跟自己的丈夫离婚，一个人带着孩子从县城来到城市打拼。

我问她为何要离婚，在一起至少可以相互照应。大姐深吸一口气，故事徐徐道来。三十岁之前她一直都是一个人，对爱情抱有幻想，但对婚姻嗤之以鼻。

因为她文化程度不高，家境也不好，早年父母双亡，她排行老二，为了生计，学了理发的手艺，在县城开了一家理发店，一年又一年地忙碌，甚至有时候忙起来连饭都吃不上。她家一共四姊妹，她挣的钱还得拿回家贴补家用。

她每给一个客户剪发赚一块，一天十个客户才有十块，一个月三千个客户才有三千块，还得排除成本，到手已所剩无几。三十岁的年纪，经人介绍，她认识了在另一座城市的一个男人，二人没有相处多久就结婚了，但是婚后的生活质量并没有提高，男人离乡务工，抛下她一个人在县城。

她依旧是冷暖自知。后来有了宝宝，丈夫也就那时回来得勤点，之后回来得越来越少。她哭过闹过，男人也是爱莫能助，寄回家的钱简直不能救近火，她一个人熬到心灰意冷，无奈之下离婚了。

命运逼迫她离开了小县城，带着身上仅有的存款及五岁的孩子来到城市，找了城市里最差的房子安顿下来，让孩子在民工子弟学校上了学。她去理发店打工，一个人当爹又当妈，在一次偶然的事故中手腕受伤，再也握不起剪刀。

她的天黑了下来，在这座城市，孤儿寡母，无人知晓。这一年她三十九岁，积蓄在逐渐减少，房租费、水电费、家庭支出、孩子的学费、补课费，样样要钱，她该怎么办？她哭了，孩子不知道母亲在哭什么，只是依偎着母亲。

在困境里，她买了很多会计方面的书主攻，把自己困在房子里整整两个月，只有小学文凭的她拿到了初级会计从业资格证。

那一刻她哭了，这一年她四十岁。

而会计并非有证就能胜任工作，需要实践。

这一年她频繁跳槽，不理解她的人都说她一把年纪还不踏实，只有她自己清楚，不这样跳槽她根本练不了手艺，也不能给孩子更好的未来。

现在工资低，可是等练了一身本领，她就可以接一些私账做，既可以多陪陪孩子，还有收入。

这些年，她依旧是在自己的生活里孤军奋战。没有人知道她有多累、多艰辛、多不容易，其中的苦也只有她自己明白。

## 4

有时候我特别佩服那些受过磨难，在自己的生活里孤军奋战的人。

曾经有读者在后台跟我说："云朵，我在一座陌生城市快过不下去了。"

那时候我总会轻描淡写地回一句："坚持不下去就回去，不然就咬牙挺过。"

现在我才发现我多么愚蠢，不管人在哪里都在受累。我想最幸福的时光，最感受不到孤独的时候，就是读书那会儿，虽然功课难，至少活在陪伴里，有老师、同学、父母，学习不会可以找老师，回家还有宠溺你如宝的父母。

但是等你长大了，置身社会里，父母不再陪伴，你才发现在这个世界上，每一样东西都需要自己孤军奋战去获得。

工作、爱情、婚姻、人际，都得靠自己。

因为帮你的人，只有自己。

## 舒适区里除了舒适，一无所有

——文 | 紫健

这几个月，我在老家坐月子，妈妈笑言："你这是高中毕业后在家时间最长的一次。"

谁说不是呢？高考后，我飞去了南方上大学，每年回家两次。后来去了美国读研，每年才回家一次。长大后，家逐渐变成了一个假日才回的"旅馆"。

我没事的时候喜欢出门溜达，边走边看这座宜居的海边小城，蓦然间很感慨。

我很喜欢这里的冬季，尤其是天色渐晚时，公园前的雕像在夕阳的映照下有了些历史感。

天边玫瑰灰的云层，星星点点的街灯，行人表情平淡，生活一如既往，夜幕漂流而至似潮水。我突然觉得，这里居然如此惬意舒适。

我习惯性地从小区顺路而下。这一段长长的路，纵贯南北，会陆续经过我就读过的两个小学和一个初中，也连接着这些年住过的两处房子，如果不曾离开，好像这二十多年都只会在这条路上来来回回，穿梭不息。

步行三分钟就可以到的澡堂，前台的陈阿姨总是很熟悉我要选的浴种，有时居然还会记得我离上一次过来隔了几天。

偶尔忘带钱也没关系，只要下次去时补上就好。记得以前楼里的邻居每次看到我都会问一句："放假了啊。"每次我都笑着点头。

以至于后来，我结婚有了雪球，再遇到那个楼里的邻居，他还会这么问，好像在他的印象中，我依然是那个只有放假才回家的小女生。

记得以前喜欢和闺密在环球广场周围逛饰品店，一家一家逛，总是看不够，仿佛一段时间不去就会错过很多新玩意儿。

前几天我又去了，那里的饰品店像花朵一样开了又败，本想去买双手套，可发现已经改成了外贸服装店，而曾经的那家只卖八块钱一份的石锅拌饭的小吃店，也换成了美妆店。我愣了很久，最后只得打道回府。

街上的咖啡厅和蛋糕店随处可见，可初中的我能想到的最梦幻的生日，却是在肯德基里吃一次生日套餐，因为在那里有滑梯可以攀爬，有漂亮且温柔的姐姐带着我们玩游戏，还有很多可爱的小礼物。

初二的暑假，我和妈妈第一次去上海，那时我们在繁华的南京路上逛着，路遇一家哈根达斯的店，一个小球要五十块，想来想去还是走过了。

去美国后，我尝过了无数比它更好吃的冰激凌，也去过了很多比上海更加繁华的城市，想起那年夏天路过的那家哈根达斯的小店，才觉得时光匆匆，恍如隔世。

几天前我路过一家哈根达斯的店，一下买了四盒抱回家给妈妈。妈妈尝了一口，说道："也没什么特别的呀。"

十五年前，我第一次背着厚厚的画板，一个人坐上一个小时的公交车，去老汽车站后面的平房画室里学画画，南方的冬天很冷，没有暖气的室内甚至比室外还要低上几度。教画画的老师是央美毕业回来的，每次都会夸我交上去的作品"有灵魂"，所以这也就成为我仍然愿意大冬天坚持去学画的原因。

画室外面有一个卖爆米花的老爷爷，每次课间休息我们都结伴在他面前看很久，闻闻乍然涌上的甜香，然后在发出"砰"的一声巨响前比比谁跑得快。

记得我怀孕后期回来的时候，常常和老公沿着海边散步，看着壮阔的海景，不知不觉就走了很长的路。偶尔有旅行团在集结拍照，看着他们看到海的兴奋，我想到了当时在陌生城市发现美景的自己。

"要不在这儿买套海景房好了，这里又舒服又不堵车，比一线城市好多了。"他半开玩笑地说。

"还是算了。"我答。

作为一名美食爱好者，我心里第一个想的是如果在这儿买房子的话，到时候想吃个日料或者西餐，都吃不到正宗的，哪像大城市啊。

我们扪心自问，年轻时都有一颗漂泊的心，想要去大城市，想要去远方。这几年，我待过或玩过的大城市很多，从国内到国外，从亚洲到欧洲，虽然在大城市里大家都步履匆匆，但就像个巨大的万花筒，有最正宗的各地美食，最棒的演出，以及最有趣的人。那里闪闪发光的瞬间俯拾即是，而我还远没有生厌。

是的，只有在大城市，才有我从不会落空的期待。那些期待一触即发，经久不息。

美国的课堂上，同班同学中有已事业有成的大哥哥，有去过几十个国家游学的乐天派，还有生完孩子毅然重回课堂的姐姐。

他们仿佛都在告诉我，人要有所成，就一定要跳出你的舒适区。不仅要脱离舒适区，还要有打破常规的勇气。是啊，如果不跳出所谓的舒适区，又怎么会看到更远的远方呢？

其实，不是说小城市不好，也不是不想安逸。只是这样的地方，好像只适合偶尔回来放松，却不太想一直在这里奋斗。舒适区，有时候除了舒适，真的一无所有。

我很感谢爸妈。从小到大，我家里都是比上不足比下有余，没有大富大贵却也衣食无忧，更重要的是，他们每次在我有想法和决定的时候都能全力支持。

去远方，不问前程，只为了多一个选择的自由，也为了当有一天，遇到不太顺心的事情时，会自然而然地在心里说：“你以为你当下经历的是最惨的事，其实在世界的某一个地方，还有人经历着比你更惨的事。”而后依然会拼尽全力，坦然接受这结局。

年轻时，我们之所以不顾一切去看高山大川、天光云海，只不过是想在某一天，途径某个人的盛放时，驻足得更有底气。

《南史・宗炳传》说南朝有个叫宗炳的人，“好山水，爱远游，眷恋庐、衡，不知老之将至”。于是“凡所游履，皆图之于室”。

他把印象中游玩过的景色风光通通执笔画下，挂于家中，以供亲友或自赏回味。无独有偶，画出过《日出・印象》和《卢昂大教堂》等开阔场面的莫奈，最终也买下一处花园，每日信笔画画自家的睡莲，终成为一种晚年的乐趣。

曾经，我很喜欢他们的画风，也羡慕他们的阅历，以为在画中所表现出来的闲适与超凡脱俗的境界是那样的遥不可及。而现在我好像明白些了，正是因为他们领略过我们所没有领略过的风景，后来才会有后来这样舒心的生活。这不单是一种选择，更是一种能力。

而选择本身就是种能力，你有做选择的能力，才有移动的能力。我一直很佩服我的叔叔和婶婶，他们俩早年去美国读博，而后留下打拼十几年，终于过上了自己想要的生活。

他们再闲也没有忘记读书充电，再忙也没有忽略对孩子的教育。我一直觉得，他们如果回国，也一样会生活得很幸福，因为决定他们幸福的不是身在哪个城市，而是他们给予自己幸福的能力。

作家常远说：“无论移居国外，还是回到国内，能在国界线间来去自如的人，都是因为有着说走就走的资本与筹码。”清楚你想要的到底是一种怎样的生活，然后为了它而努力。清醒者，处处家园；迷茫者，无以为家。

说到底，少年得志也好，大器晚成也罢，最怕的是浑浑噩噩。而这所有的一切，终究只能由你自己来定夺。

我想，我也喜欢在家乡这样的城市终老，但现在，我还是想离开舒适区，离开这个本身习惯并且熟悉的环境，去看看更远的地方。这一眼能望见未来的生活，这让人永远慌张不起来的样子，不太适合我尚有的一点野心。

一年将尽夜，风雨夜归人。愿你们一生努力，一生被爱，想要的都拥有，得不到的都释怀。

# 那些不声不响就把事情做了的人

——文 | 海欧亭亭

作为一个自控能力不强、喜怒形于色的人，我非常敬佩那些不声不响就把事情做了的人。

A、不声不响就考了个硕博连读，还拿到了全额奖学金。

B、不声不响就升职做了高管，通宵加班也不会发一条朋友圈。

C、不声不响就和男友环游了世界，顺带还出了本书。

D、不声不响就结了婚生了娃，然后跟个没事人似的继续回职场战斗。

这些 ABCD，就是我要说的故事。

## A、我从小就是 A，不懂什么是作秀

A 先生是我表哥，其实论辈分我应该叫他叔，但年龄只大我一岁，叫不出口，就自作主张降了他一个辈分。

他打小读书成绩就好，高考时发挥失误，只考了个普通大学。他读大三的时候我读大一，过年回来亲戚聚会时不见他，忙询问，他妈妈小声告诉我，说他在学校里看书呢。结果被一个亲戚听见，说那小子肯定是谈恋爱了。

过了几个月，我因为旅游去了他所在的城市，约他出来见面吃顿饭。他从学校匆匆赶来火车站接我，下巴长了一圈胡楂，头发乱成一团，看起来特别疲惫。

我们去附近吃了顿饭，我看着瘦了两圈的他，问他怎么了。

他说："考研这个事，不是正常人能熬过来的，没日没夜的。"

我问："你一天能睡多久？"

他答："四个小时。"

我不忍心再浪费他的时间，于是吃完饭就和他告别，见他匆匆赶去地铁站，争分夺秒的样子，真令人心酸。这次见面不过两个小时，不知道他又要用多少时间来弥补浪费掉的这两个小时。

一年以后，他已经是华南理工大学的在读研究生了，还拿了全额奖学金。

又过了两年，他获得了华南理工大学硕博连读的资格，博士在读期间协助导师做实验（他读的是化学专业），每个月还有两千元的收入。

2015 年 12 月，我得知他要出国了，去俄亥俄州立大学读博士后，每个月有收入，够维持他和爱人的生活。

我在微信上和他聊了聊，得知他即将动身，再见不知是何时。

我问他："念书很辛苦吧？"

他还是笑称："嗯，不是人过的日子。"

我问他："你是靠着怎样的坚韧和决心才坚持下来的？真佩服。"

他说："心够狠，不留退路，一路走到黑。"

这期间，他没有在朋友圈、微博、空间上晒过自己在熬夜、在复习，也没有炫耀过自己又考上了什么学位、获了哪些奖、拿了多少奖学金。

从大学到现在，八年时间，他不声不响就读到了博士后，顺带还娶了一个貌美如花的老婆。

那些真正干实事的人，那些真正有所成就的人，原来都是不声不响埋头努力的人。

## B、熬过了苦难的岁月，你就是金光闪闪的人

B 先生是我的大学校友，我们不同专业，我读新闻专业，他念市场营销。大四实习的时候，我们一起来了深圳，几个月后，他顺利过了实习期，留在了那家大企业，做市场推广。

那时候我们一群校友因为刚来深圳，没什么压力，成天无忧无虑的，一到周末就聚会，爬山、聚餐、唱 K、泡吧、周边游，凡是能想到的，我们玩了个遍，微博上满是我们吃喝玩乐的照片，还

互相艾特、转发评论，不亦乐乎。

B 先生很少参加我们的聚会，叫了他好几次，都因为临时有事而爽约，而他爽约，大部分都是因为加班。

有一次，我们去他公司附近唱 K，想起他也住附近，那天正好是周末晚上，就打电话给他，说：“你小子今天再不来，我们就绝交啦。”

他在电话那头说：“我在加班，晚点就来。”

凌晨一点钟，我们还在唱，他匆匆赶来，提着电脑包，神色疲惫。我们一看，天哪，周六还加班加这么晚，要不要这么拼啊！他淡淡一笑，喝了几口果汁。

过了半个小时，他起身满脸歉意地和我们说要回去，我们哪里肯放过他，说：“你家就住这附近，十分钟就到家了，明儿是周日，急什么！”

他充满愧疚地说：“不好意思，明天要去上海出差，早上六点的飞机，回去洗漱一下，收拾完东西就要往机场赶了。”

这下换我们不好意思了，说：“你早说啊，不过你这么拼，不累吗？”

他淡淡一笑：“以后会好的。”

几个男同学送他出去，我们几个女生连忙拿起手机点开他的朋友圈，发现只有几条他们公司的宣传微信，除此之外什么也没有。

“这家伙，加班加这么晚也不知道发条朋友圈让领导看一看，太傻了。”女生们嚷道。

两年后，同学群里有个男生发了条消息，顿时炸开了锅。

B 先生升职做了经理，要知道他所在的那家企业可是世界五百强啊！

群里不安静了，躁动着。

他被艾特出来，发了个笑脸，说择日不如撞日，今晚请大家吃饭。

他开着一辆黑色奥迪 Q5 过来，脸上是从容的神色，还有几分沧桑。

席间，我们问他，是怎么这么快就坐到这个位置的？

他说："拼命，靠拼命工作。"

"那你现在还加班吗？"一个女生问。

"加，还有更高的挑战等着我呢。"他微微一笑。

C、世界是个缺口，站出来就能看到全貌

我们常说世界那么大，不去看看怎么对得住自己的青春年少。但总是因为各种各样的原因而放弃了这个念头，好不容易给自己放了个小长假出去旅游，忙着自拍，风景没看多少，自拍照倒晒了不少。

C 姑娘生得娇小柔弱，却找了个高高大大的男朋友，颇有长腿欧巴的气质，但很少见她秀恩爱。

没想到几年后她居然出书了，记载了她和男友去往二十八个国家的点点滴滴。

朋友们知道后惊呼："天哪，她居然文笔这么好，而且还去了那么多的国家！平时都没见她晒呀！"

大家拿到书后翻了翻，发现照片拍得特好，不仅景色拍得美，人犹是，摄影师竟然是她男友。

"天哪，有这么个会拍照的男朋友，居然不在朋友圈里晒照片，简直是浪费啊！"有朋友抱怨道。

浪费吗？一点也不。在朋友圈晒照片，若是想晒自拍照的话，拍之前首先得开美颜相机，然后连拍十几张甚至几十张后，挑几张出来，打开美图秀秀修图，还要编一段煞费心机的话再发出来。就算想晒的不是自拍照而是他拍照，也得 P 个图才能发吧，十几分钟甚至几十分钟的时间就这么没了。

人家呢，收起朋友圈晒照的闲心，和自己最爱的人去看世界，用最真实的镜头记录所行之处的每一处风景，再静下心来把它们变成铅字，成为人生最珍贵的记忆。

D、董小姐的职场风光

董小姐是圈子里有名的女强人，不到三十岁就坐到了副总的位置，叱咤职场数载岿然不动。

三十二岁那年，董小姐怀孕了，但依旧坚守岗位丝毫不懈怠。临产当天，她还在和客户谈项目，直到宫缩五分钟一次了，她才结束会议，然后不慌不忙地去停车场开车。她都已经进产房了，先生和家人才来到医院。两个月后她重返职场，依旧风光动人。

四个故事讲完了，ABCD 都是我生活中活生生的例子。

而我们也会看到，朋友圈中会有这样一群人：

晒书，一晒晒好几本，结果可能一本都没看完。

晒加班，睡到半夜醒了起来上厕所也不忘补一句：还在加班。

晒旅行，去哪儿都晒，哪儿没去也晒，成天嚷嚷着要出去看世界，却也不过是让世界都看自己的自拍照。

晒恩爱，作死晒，最后没有缘分走到尽头了又回过头来猛删微博和朋友圈。

村上春树说："你要做一个不动声色的大人了。"许多人用它发微博、发朋友圈、发 QQ 空间，甚至当作个性签名，然而真正学会不动声色的又有几个？

要知道，特别优秀的人，根本不会炫。

你何时才能做一个不动声色的大人，取决于你拥有一颗怎样的心。树欲静则风止，这才是不动声色的境界。

继续修炼吧，年轻人。

# 一个像春梦一样的姑娘开了三家酒馆

——文 | 宋小君

人一生分四季，谁也不知道冬天什么时候来。

南方人陈华用了整整三个月，才和妻子，噢不，是前妻，把财产分割好，办妥离婚手续。

成年人凡事妥帖，和妻子没有大吵大闹，平平静静地把婚离了。

只是想不到这种事后劲太大。

陈华三个月以后才开始难受，不管心理上还是生理上。他觉得自己像是被关进了一个黑屋里，伸手不见五指，一点光都没有。

朋友们劝他不如换个环境。陈华想了想，觉得在理，是得换个环境了。

把剩下的事情处理好，他只身一人到了帝都，打算从头开始。从南方到北方，气候完全不一样，这样可能更容易让他好起来吧。

他来到帝都的第一件事是租房子。

生活就是这样，不论你多么难过，琐事都不会放过你。

他找来找去，看中了一个小区，小区幽深，算是闹中取静了。

不巧的是，这里房源不多，只有二楼的一套房了。

陈华跟着中介看了看，一室一厅，不大，倒也温馨。

怕孤单的人不适合住太大的房子，就这里吧。

陈华交了钱，办妥了手续，新工作还不知道在哪儿，又百无聊赖了。

陈华不抽烟、不喝酒、不打牌，以前觉得这是优点，可现在想想，不抽烟、不喝酒，难受的时候倒少了一些宣泄的手段。

陈华宅着不出门，还给自己题了一幅字“一宅一生”。

他无事可做，无人可想，索性就睡觉。睡了又醒，醒了又睡，他尽可能把清醒的时间压缩。

别人酗酒、酗烟，他嗜睡。因为睡着的时候，世界是混沌的，时间整块地过，不用论秒计算。

陈华不知道睡了多久，突然被吵闹声惊醒，他不由蒙住了头，吵闹声却更大了。

陈华不知道哪里来的怒气，“砰”地坐起来，从窗户探头出去看，原来已是深夜了。他这才发现对面是一栋商品房，开了一家酒馆，正对着自己的卧室。酒馆里灯光耀眼，人头攒动，所有人都带着酒后的冲动劲儿，动作夸张、说话大声。

这都几点了！

陈华穿着睡衣、趿着拖鞋冲下楼，绕开人群，直奔吧台，怒气冲冲。

他的目光锁定了坐在吧台里低头看手机的女老板，刚要开口质问，女老板抬起头，深夜的男性荷尔蒙好似突然迸发，陈华打了个激灵，把已经到嘴边的话，又硬生生咽下了。

看着睡得发型凌乱的陈华，女老板先开了口："睡不着？"

陈华中了邪一样点头。

女老板从吧台里拿出一瓶啤酒："喝点？"

陈华又点了点头，啤酒瓶上画着一条妖艳的狗，仔细看：Raging bitch。

陈华莫名其妙的，睡意和怒意全不见了，他乖巧地坐在吧台前喝着啤酒，看着招呼客人的女老板。

酒里除了有甜麦芽、松子的味道，还有一股古怪的辛辣味道，从舌尖冲进了胸腔里，让人有点眩晕，想干点什么坏事。

陈华不知道这是啤酒的味道，还是女老板的味道，心里似乎有了一道光。

以前从不喝酒的陈华，那天晚上喝了六瓶 Ragingbitch，最后怎么回的家都不知道。

第二天早上醒来，他的头隐隐作痛，胃里还有啤酒的味道。

他想到了什么，坐起来，打开窗户，探出头看着春桃酒馆。

真骚啊，他心里想着。

从那天开始，一到晚上，春桃酒馆开张，陈华就成了常客。

他坐在固定的位置，看着，不，应该是观赏着。女老板招呼各路来客，又风骚又得体地应付着酒后言语和动作都很轻佻的客人们。

直到客人都走光了，陈华得了空，没话找话："老板娘，你这里的啤酒种类有多少啊？"

女老板擦完桌子，走过来看着陈华："别叫我老板娘。"

陈华不解。

女老板说："老板娘听着像寡妇，我明明是个少女。"

陈华被逗乐："那叫什么好？"

女老板脱口而出："叫我二姑娘。"

二姑娘，这名字有意思。

陈华从窗户里探出头，用绳子吊下去一个筐，筐里放着现金，喊："二姑娘，两瓶 Raging bitch。"

他把啤酒吊上来后，就坐在飘窗上喝，像个上帝一样俯视着各怀心事的酒客，隐隐约约还能看见二姑娘头发上的发卡、鼻梁上的汗珠、吊带衫的透明带子。

又一个深夜，吵闹声把陈华从一场久违的春梦里吵醒。

陈华听着听着，感觉不对劲，走到窗户边去看。

此时的二姑娘正被居委会大妈率领着大爷大妈们围攻：

"你这是扰民！"

"还让不让人睡觉了？"

"我要投诉你！"

"什么素质！"

二姑娘左支右绌，一张嘴斗不过一整个军团。

这时候，大爷大妈们突然被一股力道向两侧分开，大爷大妈们愕然地低头看，都吓得发出惊呼。

陈华艰难地爬在大爷大妈让出的过道中间，像一条穿越丛林的蛇爬到了二姑娘面前，二姑娘也愣了。

陈华声音平静："我瘫痪两年了，全靠我老婆开个酒馆养着，各位大爷大妈，我给你们赔不是了。"

大爷大妈同时安静了下来。

二姑娘还没反应过来，陈华拧了一把二姑娘的腿，二姑娘的眼泪"唰"地就流了下来。

居委会大妈招呼着："都散了吧，散了吧，走之前，一人买瓶啤酒，这两个小年轻也不容易。"

这么折腾一通倒是意外地卖出去十几瓶啤酒，二姑娘送走了大爷大妈们，看着端坐在老位置喝啤酒的陈华，笑了。

两个人第一次这样坐下来，喝着酒，有一搭没一搭地聊着天。

面对二姑娘，陈华一不留神就暴露了自己的秘密：和平离婚，能分的东西都分了，谁也不恨谁，除了难过，没有别的感觉。

你得承认，有些女孩让你特别愿意跟她袒露自己的秘密。

二姑娘听完，有意无意地说了句"有伤的男人，才有魅力"，听得陈华一愣。

"那你呢，怎么想到来这里开酒馆？"

二姑娘喝了酒，双颊有一点红，说道："这只是我的其中一家酒馆。”

“嗯？还有几家？”

二姑娘竖起两根指头。

陈华看着她指甲上镶着的 Hello Kitty，心里莫名一软。

“还有两家？在哪里啊？”

“不告诉你。”

两人接着喝，空啤酒瓶摆了一地，横七竖八地放着，一不小心被脚碰倒，发出清脆的声响，像一首情歌。

二姑娘软成一团，仰着头指着对面那扇窗户，问：“这里是你的客厅？”

陈华说不是，那里是卧室。

二姑娘又问：“哦，单人床还是双人床？”

“双人床，不过我一个人睡，床是我的主要活动范围。”

“那这里是你的厕所？”二姑娘又指了指。

“是，厕所是人在尘世的出口。”

“噗，那这里呢？你的厨房？”

“对，厨房可能是最后我毒死自己的地方。”

“哈哈哈哈哈。”

两个人都喝得脑袋沉了，只觉得自己像是被团在雾气里。

二姑娘突然站起来，摇摇晃晃地往外走。

陈华跟着站起来：“你去哪儿？”

二姑娘没回头，说了句：“去看看你的床有多大。”

陈华一瞬间醒了酒。

二姑娘指着卧室的那扇窗户，问：“你晚上是不是就在这里偷看我？”

陈华被问得窘了，极力否认：“我没有。”

二姑娘看着陈华，眼神里是成吨的挑衅：“想不想去我的第二家酒馆看看？”

陈华一呆：“在哪儿？”

二姑娘整个人都已经腻了上来。

陈华如愿看到了二姑娘的第二家酒馆，这大概是这个星球上最小的，也是最容易喝醉的酒馆了。

这个晚上，陈华彻底明白了一个成语：醉生梦死。

晨光耀眼，陈华从醉生梦死中醒来，身边空了。

他四处看了看，没有二姑娘的影子，于是套上衣服冲下楼，见春桃酒馆关着门。

陈华觉得自己做了个梦，上了楼，看到床头柜上放着一把钥匙，钥匙下面压着一张便笺。

便笺上写着：我有事离开几天，替我照顾春桃酒馆，酒店价目表和进货电话在吧台上。

陈华抚摸着钥匙，至少确认了昨天晚上不是梦。

常来的酒客们，看着吧台里的老板换成男人，还笨手笨脚的，有些不爽，问：“老板娘呢？”

陈华说："出门了，过几天就回来。"

他嘴上这么说，心里却不太敢确定。

他在二姑娘的第一家酒馆里忙碌着，但满脑子想的都是二姑娘的第二家酒馆。

有时候想得猛了，陈华就抽自己，大骂自己无耻淫贼！

日子一天天地过，陈华已经和酒客们打成一片。

他有时候和酒客们一起怀念着二姑娘，试图从酒客们的只言片语中拼凑出二姑娘的秘密。

不然，她也太像一个梦了，还是个春梦。

可这个春梦啊，真让人想念。

三个月后，夏天就要过去了。

帝都的秋天，是一年四季里最舒服的季节。

陈华送走了最后一拨客人，一个人开了一瓶 Raging bitch，看着外面那些树抖落自己的叶子。

这时候，二姑娘迎面走了进来。

陈华很平静，至少看起来很平静，递过去自己喝了一半的啤酒，问道："喝点？"

二姑娘接过去，喝了一大口："你不问我去哪儿了？"

"你想说自己会说的。"

"你还记得你问过我，为什么要开这个酒馆吗？"

"记得。"

"这是我和前男友的约定。"

“哦。”

“我是个有始有终的人，说好的事情没做完，我心里难受。这三个月，我把以前打算要和他一起做的事情，都做完了。我想我准备好了。”

“准备好什么了？”

“请你来我的第三家酒馆。”

“在哪儿？”

二姑娘指了指自己的心口。

陈华笑了。在那一刹那，他觉得自己心里金光四射。

人一生分四季，谁也不知道春天什么时候来。

# 第二部分

## 纵有疾风起，人生不言弃

# 一无所有地去闯荡

——— 文 | 大牙秦

1

有句话叫“置之死地而后生”。

阿宋说，这大概就是她最真实的写照。彼时，她坐在咖啡厅里，妆容精致，优雅端庄，与那个在雨夜里惊慌地流着眼泪问我借三百块钱的她判若两人。

我和阿宋是网友，因为和她喜欢的男生在同一座城市，所以聊天也多了些。

她千里迢迢来找他的时候，还开心地发了条消息给我，她说：“我要去找他了，好紧张啊。”

我告诉她说：“别紧张，这座城市向来温柔，路灯温暖昏黄，房子宽阔敞亮，超市很晚才关门，早餐店很早就开门。”

她回：“嗯嗯。”

后来，她来这里不曾与我联系，我也好奇她和那个男生的后续发展，却总不好意思主动询问。

大概六七个月后，她又发消息给我，说："你有现金吗？能不能来见我？我在 ××× 公园。"

我说："好。"

既然走心，就不怕上当。

2

N 城向来少风少雨，我去见她那日，天气却像是被惹毛了的猫，性情大变，刮了大风，下起了大雨。我打着伞裹紧衣服艰难前行，最终在黑暗的公园东侧看到瑟瑟发抖的她。

我迟疑地叫："阿宋。"

她缓慢转过身来，也叫我的网名："北施？"

我说："是我。"她浑身湿透，冷得哆哆嗦嗦，我拉着她一同到地铁口避雨。

她局促不安地说："北施，你能借我三百块钱吗？"

我没问她理由，把钱递给她，她朝我鞠了个躬，说一定会还我的。

三百块钱既然给了她，便做好了打水漂的准备，只是她这个样子实在让人心疼。我问她："发生了什么？"

她咬紧下唇，只是眼泪不停地掉出来，却并不言语，我见她实在不想说，便也没问了。

她买了当天的车票回家，回家后把钱转我，从此又是杳无音信。

## 3

她再来N城，便是来回答我这个问题的。

她说她被男生骗到了传销组织，身上的现金、卡里的钱，全给了他。

没有钱之后，同男生在一起，她依旧很开心。阿宋住在男生租的小房子里，两张床，她睡大床，男生睡小床，下班之后，他们会手挽手去超市买菜、买肉、买馒头，然后再回家做饭。她说，那时候，她真的觉得N城是座温柔的城市。

她日日被男生洗脑，如同被打了鸡血一样，觉得未来的一切都是光明的。

甚至，她还怂恿自己的亲朋好友一起来。闺密警告她说这可能是个传销组织，她还差点同闺密撕破脸。

也真的有许多同学经她的怂恿下开始投资，发展下线。

后来事情败露，她的钱全没了，非但如此，当初拉同学来的时候，她为了打消同学的疑虑，说如果赔钱只当是自己借的。所以一夜之间，她便已是债台高筑。

更让人绝望的是，那个男生跑了，毫无预兆地消失了，什么都没有留下。

男生的逃跑，比所有的债务都让她绝望。因为，她觉得这场让她放弃所有，千里迢迢前来追随的爱情更像是一场预谋已久的骗局。

阿宋讲到这里的时候，忽然笑了一下，她说："如果不是因为有你，我大概会自杀，绝望真的可以战胜对死亡的恐惧。"

4

回家之后，相熟的同学不好逼她，那些平日并不怎么交好的同学却日日打电话骂她，要她还钱，叫她骗子，说要让警察抓她。

阿宋一度焦虑到神思恍惚，白日黑夜里都会出现幻觉。

她撩起袖子给我看，有黑黑的烫疤，在她白皙的皮肤上显得分外扎眼。她说："这是我自己烫的，夜里睡不着，便把之前想送爸爸的烟点着了按上去。"

我轻拍她的手："谢谢你坚持下来了。"

阿宋一直这样浑浑噩噩地过着。直到有一天，阿宋的妈妈打电话过来，问她过得好吗，有没有钱花。

她忽然惊醒过来，她竟然忘记了自己还有远在家乡的父母。

她又仔细掰着手指头算了一遍，欠下的债总共不到五万块，因为这五万块和一个骗子，她竟然差点狠下心肠要离开含辛茹苦将自己养大的父母。

阿宋大哭一场，然后擦干眼泪，打扫了屋子，扔掉了香烟，打开电脑开始投简历、找工作。

她刚毕业不久，念书时也是一副吊儿郎当的样子，所以简历并不出彩，即使有了面试的机会，也很快被竞争者给比下去了。

于是，她晚上去做兼职，白天奔波着找工作。

她也想过放弃，只是每每想起父母，就会涌出一股力量。

她一夜长大，大概挫折是成长的必经之路吧。

5

阿宋向来疲懒，以往总喜欢赖床，而那段日子，每天的睡眠时间却不足五个小时，同时，在那段时间里，她还借了学妹的教材，重新学起英语来。

她说："我不是为了梦想，我就是想找份工资高的工作，早早地把债给还了。"

她夜里做兼职，趁着轮班休息的时候便背英语单词、练听力，一同工作的人总叫她"好学生"，嘲笑总比敬佩要多，她也从来不管不听，只埋头做自己的事情。

阿宋说："我以前是个很好面子的人，若是做什么事情有人议论了，便铁定不会再做了。那段时间，我学到的最有用的事，便是'走自己的路，让别人说去吧'。"

她趁着兼职的时间，又重新背了一遍英语八级单词，就连做梦都是在背单词。

她找到新的很不错的工作之后，从生活费里划出一部分，用来交纳视频教学课的学费。

她觉得很讽刺，念书的时候不懂珍惜，整天就知道逃课、追剧、逛淘宝，倒是进了社会，才明白过来学习的重要性。

阿宋初来公司没多久，便已经被领导看好，觉得她做事谨慎，又勤奋上进，很快便将她提了主管。

6

努力的阿宋，人生像是开了外挂。

阿宋在公司里越来越如鱼得水，为人却一直低调，依旧是来得最早回得最晚的一个。

公司里有男同事等她下班，阿宋一朝被蛇咬十年怕井绳，无论如何都不敢让男同事走近自己的生活，时常冷着一张脸，狠狠地拒绝他。

回到自己的小出租屋里时，阿宋偶尔也会想，那个男同事真的挺好的，若是她先遇见了他，两个人倒也有可能走到最后，只是如今她有过那么一场情伤，便再不敢轻易把心掏给谁了。

男同事死皮赖脸地来过阿宋的出租屋里一次。

她的出租屋里拥挤、潮湿又阴暗，没有冰箱，只有一台破旧的“吱吱嘎嘎”响的电风扇，男同事盯着阿宋半天没说话，阿宋如芒在背，冷着脸将男同事撵走。

她以为男同事会直接离开，没想到过了半晌才又听到男同事靠着门轻轻说了声：“阿宋，我心疼你。”

阿宋瞬间就绷不住了，隔着一道房门，崩溃大哭。

连发霉的面包都没的啃的时候，她没哭；端盘子的时候被滚烫的汤汁烫到，她没哭；刚发了工资马上还了同学，连缴电费的钱都拿不出来的时候，她没哭；加班太晚，没追上末班车，一个人走了两三公里地回家的时候，她没哭；楼上漏水淹了她家的时候，她也没哭。

可听了他那句话，她的眼泪“唰”地就掉了下来。

她开门，仰头问他：“你凭什么同情我？我过得不好吗？我工资拿得比你高好吧，我……”

男同事说：“阿宋，我不是同情你，我爱你、心疼你，我想让你过得更好。”

阿宋不说话了，只有眼泪在寂静地流淌。

7

阿宋加班加得厉害，跟玩命似的，饮食不规律，睡眠又不足，很快便病倒了。

她自从那个男生离开之后，便没有什么安全感，总觉得身边的人没一个可信任的。

她这个时候才慢慢意识到，也许比起自己一屁股债，她失去的更重要的东西叫作“信任”。现在的她不相信爱情，不相信别人，也不相信自己，一个人过得很孤单。

阿宋在医院的时候，同事们来看过她一次，都叫她宋姐，说公司没了她都要乱套了。那个爱慕她的男同事也来了，抱了一束红玫瑰，大家嘲笑他，说谁来看病人送玫瑰的？

他抓抓头发，说：“我来看阿宋送红玫瑰。”

大家一副很懂的样子坏笑着。

阿宋躺在病床上，一句话也答不上来，依旧冷着一张脸，淡漠又疏离。

后来，男同事又来，送来自己熬的老鸡汤、排骨汤、老鸭汤，也送过皮蛋瘦肉粥、银耳水果粥，不知道从哪里打听来的阿宋喜欢吃栗子，又足足剥好了一斤的栗子放在阿宋床头。

8

“后来呢？”我问她。

阿宋笑笑说：“后来我的病好了，全好了。”

男同事终于走进她的心，把她带到了一个阳光明媚的世界。她的努力和上进已经变成习惯，又看了好多书，上了许多课，更加受领导的器重。大家对她从来也是心服口服，欠下的那些债，她早已还清，并且搬了家，换了一个有阳台有落地窗的大房子。

她像是从地狱到了天堂，有工作，有朋友，还有了一个小家。

前男友联系过她，道歉之后说道：“我这边这次真的有一个特别好的项目……”

阿宋说：“你让我很恶心。”然后拉黑了前男友的所有联系方式。

阿宋和我告别的时候说：“我无比庆幸我一无所有时所做出的选择。”

人生啊，如果不拼尽全力地努力一次，谁都不会知道自己的潜力有多大，能变多强。其实啊，挫折大概也是一种恩赐，它能给你一次重新选择的机会。

所以啊，别怕，咬着牙，熬过去又是新的一天，温暖又明亮。

# 标配的人生里，不曾有诗与远方

—— 文 | 焦志杰

我前几日和一个朋友聊天，询问他新工作的情况。因为是在微信上，所以很多细节不方便展开详谈，但从他说话的语气，我能感受到，此刻在屏幕另一方的他，一定是快乐的、自由的。

为什么我会这么说？

从一开始聊到新工作的情况以及他最近的生活状态，我感觉他整个人都充满着希望、热情和努力。文字虽然无法比拟表情和语气，但一个人甘愿花很长的时间去和别人描述自己的当下，以及对未来的畅想，说明他很喜欢现在拥有的一切，并且也愿意为了那个看得见的未来去努力。

这位朋友之前是我的同事。与他初见时，我就感觉他有一种由内而外散发的儒雅气质，我的第一反应是这人的学历一定很高。后来才知道他是毕业于中科院的博士，本硕连读于上海复旦大学，之后被保送到中科院，在上海的技术物理研究所。以前我觉得博士是只会读书的巨人，有着天生做科研写论文的资质，却又在生活上毫无讲究。但他不同，他不是那种古板的博士，专业上成为佼佼者的他，同时还是个热爱生活、喜欢旅行、痴迷健身的生活达人。

我们所在的单位，是中国一所很特别的研究院，特别到连叫出整个名字都算泄密。当地的人将这里奉为就业的天堂，把在这里工作的人看作是命运的宠儿，觉得他们一定是攒了几辈子的好运气，才可以在这样的地方工作。

甚至于很多当地人都努力培养自己的孩子，从初中开始就教导他们要努力学习，将来去这家单位定点招收毕业生的大学读书，然后成家立业，仿佛这样，你的人生才算得上是成功。

现在看来，身边很多家长都是这样，考大学、毕业、进国企、结婚生子，这条拥挤闭塞的道路他们走了一次，所以不辞辛苦地让自己的孩子排着长队，也要按部就班地再走一次。

可是，看似标配的、饱含成功色彩的生活，并不一定适合所有人。

至少，我的这位前同事，他就不属于这里。

集训结束后，当时一起入职的四十个新员工全被召集到一起，宣布分配方案。我和他被分到不同的部门，他去了单位下属的一家重点研究所搞科研，我被分到基层生产部门搞技术。

进入到新部门后，大家不再像集训时那样经常见到，鲜有联系，不过还是会定期聚在一起，和关系要好的朋友聊天吃饭。

他工作很忙，除了正常上班以外，经常会加班，就连周末也都是宅在房间写程序、编代码、做实验。有时候出来吃饭，也是饭局还未结束人就先离开，我们每次抱怨，说好不容易出来聚一聚，怎么一点面子不给。

他一脸无奈，苦笑着说最近所里的预研项目太多，人手不足，所以一个人经常被当作两个人使，加之还有一些领导交代的事情，就更忙了。

望着他离去的背影，我们都感叹命运造人，连中科院的博士都在打杂，我们还有什么好抱怨的呢？

我再见到他，是那天轮到他做东，请我们吃饭。

饭桌上，他举杯，说想宣布一件事。我们起哄说是不是好事将近了，因为之前听他说过，有近期结婚的打算。

他说，自己已经办好离职手续，去广州，今晚的火车。

大家充满期待，却在他说出口的那一瞬间满脸错愕。

平日里大家都只知他是说一不二的行动派，今天才知道他还是个秘密派。

可是为什么辞职呢？是福利不好，还是单位不好？不能吧，这家单位，他去的部门，可是让很多人都无法企及的啊。

他看出了我们挂在脸上的问号，道出了缘由。

他说辞职并非因为单位待遇不好，他现在月薪上万，在这座城市已然算是上流，刚入职就是副主任的职位，更是比同龄人少了十年的奋斗时间。自己辞职，完全是因为不喜欢这里，不适合这里一切墨守成规的做派，不适合这里一切只按程序一步步来的缓慢，而且他身边的同事大都四十岁左右，迈入不惑之年，他完全感受不到激情，而他恰恰又是一个喜欢挑战、享受激情的人。基于以上种种，所以选择辞职。

“这里虽好，让人梦寐神往，只是我不适合这里，也不属于这里。”这句话是他最后说的，也让我印象深刻。

原来看似标配成功的人生，并非能让所有人获得快乐，体验到奋斗的价值。

话毕，我们纷纷送上祝福，发自心底地祝愿他，希望他能早日找到属于自己的天堂，在那里生活，在那里奋力飞翔。

第二天凌晨四点钟，他发了一条朋友圈，内容很简单：下一站广州，新生活，请关照。配图是广州火车站的挂钟，刚好四点一刻的照片。他说自己很喜欢这里。

再后来和他聊天，聊起新工作，聊起新生活，他的快乐丝毫掩饰不住。广州的节奏固然快得让人追赶不上，但在上海待了十年的他，已经完全变成了不停奔跑的人，相反，若让他停下来或者慢走，反而适应不了。新单位的同事都是年轻人，充满激情，满怀理想，大家有时候会为了一个项目熬通宵，但第二天照常精力充沛地工作，看不出疲惫，听不见抱怨，这才是他想要的生活啊。

我听了，比他自己还要高兴。所谓朋友，就是在对方过得好的时候，能够打心底里为他骄傲，仿佛这种好，就是自己的。

你看，大多数人梦寐以求的生活，有人却想方设法逃离，因为他知道自己不属于这里，而适合自己的才是最好的。

道理人人都懂，可是要往前要迈出那一步，却需要很大的勇气。

上周，一个关系很好的作者来我所在的城市玩，她已经算是小有名气，在韩寒的“ONE　一个”上面常驻，写的文章经常收获几万的点赞。

她从北师大心理学硕士毕业后，做了一名心理咨询师，开始朝九晚五的坐班生活，为每个心理有问题的人解惑。晚上回家常常写稿到深夜，有时候很晚了，她还在写。我经常和她说：“要注意身体，别年纪轻轻就把自己的身体搞垮了，不是还有工作吗，为什么还要这么拼命？”

她说：“因为喜欢，所以不觉得累。”

大多数人写作，只是热爱，包括我自己，也是下班抽时间写，从来没想过要把写作当成主业。

去年八月，她辞职，告别了朝九晚五的规律的生活，成为一名自由写作者。

吃饭的时候我问她：“为什么要辞职啊？一边工作一边写作不是也挺好？不耽误赚钱，也不耽误喜好。”

她说：“相比那种每天两点一线的生活，我更适合自由职业。虽然每个月不如之前有保障，不够稳定，但因为知道已经毫无退路，所以就会更努力，这样想，是不是远比之前按部就班地工作来得更刺激？

有道理。

现在的她，生活虽然不如之前规律，但全身心扑在写作上，反而更精进，写的文章被更多的人传播和喜欢，很快，有出版社向她抛来橄榄枝，半年后，她人生中的第一本书正式面世。

其实很少有人能有她这样的胆魄，之前看来，用写作养活自己简直就是不务正业，可事实证明，正是因为这种“不务正业”和特立独行，才让她有了破釜沉舟的勇气。

然而不是所有人都有勇气放弃安稳的生活，去面对新生活，迎接新的挑战。

有时候我在想，是不是迈入了稳定的圈子，人生就可以平步青云了？是不是这个圈子足够舒适，也足够遮挡风雨的话，那么相比那些在风雨中奔跑的人，站在巨大的保护伞下的我们是庆幸的？

然而并不是这样，有的人生来就适合在风雨里奔跑，也许会因为滑倒而哭泣，也许会因为遭遇泥坑而停滞不前，但他们在奔跑的过程中，呼吸到的却是最清新的空气，那一刻的清爽，是站在伞下的人永远无法感同身受的。

我们大概都被一种所谓成功的标配生活骗了，觉得最好的就一定是最适合的，恰恰相反，最适合的才是最好的。这把保护伞只有这么大，既然挤进去的人很多，何不放弃这把保护伞，去属于自己的地方寻求一方晴朗的天空？

我是真的希望那个不认识的你啊，能够想清楚自己到底想要什么样的生活，这也许会花费很长时间去思考，但没关系，至少比你打算一辈子待在自己不喜欢的圈子里享受安逸要好得多。

我也是真的祝福你，在自己选择的这条路上，能够早日看到诗和远方。

# 二十出头的你，到底该不该去大城市？

——文 | 陈大力

1

当《在北京，每天有两千万人在假装生活》刷屏的时候，我刚睡醒，起身喝了点冷豆浆，准备再泡一杯牛奶，配上昨晚在超市买的奶酪面包条。

成都这座城市的氛围，让“慢条斯理享用早餐”这件事，显得合情合理，和北上广这种一线城市相比，显得安逸许多。

我前年在上海实习的时候，每天早上吃的早餐，都是去地铁站里的“family mart”买的。店员把速食三明治和紫薯包放进微波炉，加热总共不到一分钟，我站在店门口伸长了脖子，慌张极了，在心里“嘀嘀嗒嗒”地计算着，掐着时间。

这次我回成都，总是很难调整到一个好的工作状态，一方面是因为疲惫，还有一个更重要的原因，则是因为这里的慢节奏生活。

丝丝入扣的慢，香甜的慢。

七月的空气飘着火锅的辛辣，脑袋发烫，鼻尖酥麻。下班后的人群约在小饭店与麻将馆，将家常事抻出来，细细地讲，碎成一缕一缕的欢与愁，被天光大方照耀。

和上海不一样，成都的灯红酒绿、夜夜笙歌，显得更为安逸，想象是一个不谙世事的小孩童，刚刚走进了这个万千世界，睁大了眼睛看着这令人惊奇的欢乐场。

年轻的时候你所定居的城市会影响到你将如何度过你的一天、一月、一年，更重要的是，它会浸透在你的性格里，悄然改写你的命运走向。

这是潜在的，却也是终生的。

之前看过一些文章，把城市简单划分为“发达”与“不发达”，认为发达的城市适合奋斗，不发达的城市适合养老。

但这样的界定太狭隘，也太粗鲁了。

比如说上海和成都，在我看来，绝不只是谁的经济实力更强硬的区别。

一座城市对一个人的影响，一定包括了这座城市的价值观、处事风格、居民素质、生活氛围，远远不只是 GDP 这么简单。

## 2

人二十多岁时，选择一座匹配自己的城市定居，非常重要。

在我看来，选择一座定居的城市，需要考虑的最关键的几个地方在于：生存成本、发展机会、生活理念。

先说生活成本。

一座城市的生存成本，有硬成本，像物价、房价，也有软成本，比如心理适宜度。

《在北京，每天有两千万人在假装生活》这篇文章，其实就是讲生存的软成本。

作者通篇抱怨着北京艰难、人情冷漠，不管它是不是真的冷漠，我认为既然选择了大城市，就一定要接受它所谓的“人际疏离”。因为北京永远是北京，不会是三姑六婆们走街串巷把家常杂事嚼烂的小城市，如果是，它将不能成为北京，不能成为那个容纳无数新兴职业、外来血液，那个每年支持着一批又一批的青年才俊造梦摘星的城市。

倘若它在“温暖”上有所欠缺，也一定是与它无可比拟的繁华相对应的。

所以，“温暖”与“繁华”这两点是紧密联结的，你不能人为地把它们掰开。

发展得更为成熟的城市，生存成本一定是更高的。

先一股脑闯进北上广，然后再抱怨它价高人冷，是很幼稚的行为——人生没有两全选项，得到了 A 选项，一定会失去 B 选项，所以我们在选择城市，尤其是决定要不要去“大城市”时，务必想清楚你是否能接纳，或是否有承受大城市的生存成本。

没人逼你去大城市，能承受就上，不能承受就退。不丢脸，不可悲，更不需要矫情。

第二是发展机会。

一座城市所能给予你的发展机会，牵涉非常多的方面。

比如我学新闻专业，在上海的话，除去报社、广播电台、电视台，还可以就职广告公司、公关公司、新媒体工作室，甚至网红孵化器，还有其他相关行业，数不胜数，可如果在一座小城市，我或许只能从报社、广播电台、电视台中选一个。

如果对自己的职业生涯没有大规划和大憧憬，觉得自己不饿死就行，那么选择呆在小城市就好，过于忙碌的大城市对你来说没必要；如果你是实现自我价值欲望很高的人，那么选大城市生活，尽情地、自由地挥洒你的野心。

但是发展机会怎么考量呢，就需要结合你具体的院校与专业了，或者你以后可能从事的行业，在这座城市的发展趋势如何。

比如做媒体，北京的媒体环境非常好，我朋友曾跟我开玩笑说，在北京，去公司楼下买杯星巴克，路上都能听见至少八个做自媒体的人的谈话。

我去和出版社的编辑见面谈合作的时候，编辑也告诉我说，全国大半的出版社、出版公司都在北京，或者说都会在北京开分公司。

一个行业在某一座城市的发展情况如何，我们怎么去定夺是否要去这座城市生活，需要我们慎重了解，反复掂量，甚至去尝试生活一段时间。

去一座于你的工作发展有利的城市，会像乘坐一艘正在航行却没有遭遇大风大浪的船。

乘风而上的人，总归能飞得更高。

第三是生活理念。

选城市还有一个必须看重的，是它的生活理念，或曰，它奉行的人生观：何为上，何为下，何为高枕无忧，何为剑走偏锋。

我在上海和成都这两座城市，都生活过很长时间，两座城市的差异还蛮大的。

有人说，上海街头80％的人脸上都裹着物欲，恨不得能印上“钱”字。这话不假，上海的氛围是爱财，是生机蓬勃地向哪怕是捉襟见肘的命运，多讨一杯鲜美的羹。

这里的座右铭：贫穷是魔鬼，别被它盯上。

而成都人呢，非常安然自得，有了点小钱就会开心，就会去吃肉、喝酒、打麻将，说实话我非常羡慕这种圆润自洽的状态。

我认识的所有成都人，都不会太在意月薪有没有比别人高，不会太鞭挞自己赶忙奔去金字塔塔尖，总之未必需要多优秀，反正找乐子的路数不会少。

所以，尽管对成都是发自内心地喜欢，我依然觉得我不适合这里。我这种每个月要掐着点算 KPI，靠“成就感”撑下去的人，在成都会觉得活得不够满。

3

那么，人年轻的时候，到底要不要去大城市呢？

我的答案只有四个字：看你自己。

千万不要因为冲动，因为随身边的大流，盲目去做决定。我希望大家在二十岁出头的年纪是理性的，千万不要去做一边享受着大城市的好，一边埋怨它冷漠、艰难，或者一边享受着小城市的好，一边嫌弃它封闭、自固的那种人。

你为自己的未来做出选择时，一定要有承担这种选择所带来的后果的勇气。人生永远是苦乐参半的，所有的诱惑与美好，背后都是高高堆积的代价。

你不付出这些代价，便没有资格拥有美好，这很公平。

或许，明白了这一点，类似于《在北京，每天有两千万人在假装生活》这样的文章就不会刷屏。因为既要求一座庞大的城市高速运转、为你带来生活和工作的便利，又要求它为平凡的你不时停留，予你嘘寒问暖，实在是太贪心的行为。

人生没有两全，永远也没有。

如果命运手上的那点甜，要吃很多苦才能够到，你只需要想清楚一件事——你是更在意途中的苦，还是更在意最后的甜。

想清楚了，然后按照自己的规划去努力，一切便都会苦尽甘来。

# 凌晨才下班的生活，真的是你想要的？

——文 | 凌汛

我们拼尽一切，想要活成自己想要的模样，可是在追寻的过程中，我们是否忘记了自己的本意，渐渐地和理想中的自己背道而驰？

1

接到孙妍去世的消息时已是凌晨，已经连续加班一周的我仍然头昏眼花地赶着工作进度，放在桌上的手机“叮”的一声跳出一条提示，本该是一条再普通不过的微信消息，那句短短的话却让我大脑一下变得空白，不敢相信眼前的那句话——“孙妍去世了”。

发消息给我的是李亮，我大学最好的朋友之一，另一个便是孙妍，我的朋友不多，他们俩几乎占据了我整个大学的闲暇时光。我们曾经无话不谈，吃饭、逛街、打游戏，三个人的小团体曾经让无数外人羡慕。可我没有想到，只不过最近几天工作太忙没有联系，再一次联系时居然是因为这样的消息。

我打电话给李亮，接通后我们俩都沉默了许久，不知道该说什么。我们隔着电话沉默了一分多钟，我才听到听筒那边传过来的啜泣声和李亮带着哭腔的话“妍妍走了。”我们俩隔着手机屏幕一起流眼泪，那个仿佛还在眼前蹦蹦跳跳，天天嚷着要减肥的女孩，竟然就这么走了。

通知李亮的是孙妍的父亲，老人家在电话里泣不成声：“亮亮，妍妍没了……我做梦也没想到，我女儿居然是活活地累死的，早知道这样，当初还不如不让她去北京……”

孙妍死亡的原因是过度疲劳。出事那天，孙妍已经一个月没有好好休息过了，几乎每天都加班到凌晨两三点钟。公司的保洁员发现她的时候，她甚至还保持着工作的姿态，僵掉的手里还握着鼠标，阿姨喊了几声，孙妍都没回应，伸手过去才发现她整个身子都冷掉了，冷冰冰的。

## 2

上大学那会儿，孙妍是我们三个人里最好胜的一个。上课总是坐在第一排，考试要次次拿第一，打游戏要拿第一，连麻将局都要连赢几把才肯罢休。她的名言就是“凡事不做到最好，跟咸鱼有什么区别”。

大学四年，她凭着一股拼劲，拿下了大大小小几十个比赛的一等奖，各种证书更是数不清。大四的毕业季刚开始，孙妍就顺利拿到了一家业内赫赫有名的广告公司给出的高薪 offer。得知消息那天，孙妍拉着我和李亮在饭店喝酒一直到深夜，谈起对未来的美好憧憬，眼里都是闪烁的光。那时候我和李亮都为自己的朋友由衷地感到高兴，我们俩坚信，这个好胜的女孩会有美好的未来。

## 3

孙妍没辜负我们俩的期望，毕业两年，硬是从公司最底层的菜鸟，做到了营销部门的总监，晋升速度之快，甚至让公司上下都开始怀疑她和老板之间的关系。谁都没关心过，这总监的位置来得有多辛苦。

打从入公司以来，孙妍就跟打了鸡血一样，把工作当成了她生活的全部，为了项目几天不睡觉在她这里都是常事。每次拿下大项目，兴高采烈的孙妍总喜欢叫我和李亮出来喝酒，眉飞色舞间难掩喜悦。可我们却发现她气色是一天不如一天，黑眼圈严重到化妆都盖不住。我们也善意地劝过她“身体要紧，别太拼了”，可她总是一脸正色地反驳我们：“年轻的时候如果不拼一下，那么要等到什么时候才拼？现在不努力，老大徒伤悲呀。”

看着她工作狂附身的样子，我和李亮也只好把话咽在肚子里，甚至反思我们俩的不思进取。我常跟李亮调侃说：“你看看人家孙妍都做总监了，咱们俩还是个底层小职员，差距咋这么大？”

## 4

跟孙妍相比，我跟李亮总显得不思进取，可是我从来都不羡慕孙妍，我觉得那不是我想要的生活。对于加班，我永远是深恶痛绝的。我毕业两年，两次跳槽都是不堪忍受加班之苦。可兜兜转转，换了几份工作都逃不开加班。我每次加班到半夜，望着外面空荡荡的街道，总觉得内心无比空虚。上学的时候，我总羡慕那些可以自己赚钱的上班族，觉得他们想买什么都可以自己买，自由得很。可真正自己拿工资了，才发现原来有钱的代价就是失去自由。工资卡里的金额不断增长，我却只能看着数字发呆。花钱？我根本没时间。

因为辞职的事，孙妍骂过我好几次，在她看来，我简直就是“不思进取”的典型，她无法理解我对加班的厌恶，她总是说：“阿汛，你现在要做的就是努力赚钱，等以后事业有成、金钱在身时，才是享受的时候。年纪轻轻就怕吃苦，你和别人怎么比？”我心里不服，却也说不出反驳的话。

## 5

就在孙妍去世前几天，我还在因为公司的一个大项目加班，已经连续半个月了，每天回到家身体都跟散架了一样，往床上一躺就完全不想动。有一次睡觉前洗澡，我居然在浴室睡着了，还是热水器里的热水耗尽，冷水淋到身上我才惊醒。那阵子我跟李亮抱怨过，李亮安慰我："做完这个项目，拿到奖金，咱们休个假，就出去旅行。"我心里有着这个念想，便打起精神强撑着，心中祈祷着项目尽快完成。

孙妍去世的消息来得如此突然，我有好几天都没缓过神来，上班上得浑浑噩噩。因为一不小心写错项目数据，我还被领导逮着骂了好一会儿。下班躺在床上，我就在想凌晨才下班的生活，真的是我想要的吗？

## 6

我梦想的生活，是工资不用太高，但一定要有时间做自己喜欢的事情。可是世界这么浮躁，人人都在拼命向前，被裹挟的我，也不由自主地踏上了这条无法回头的路。努力上班，好好赚钱，这是世俗定义的生活，每天都能看到满是鸡血的文章呼喊着"不努力的人都去死"，你怎么好意思不努力呢？

可是我越来越悲哀地发现——

钱我有了，工作我有了。可生活我真的没有。

7

公司里曾经有位试图自杀的同事，那是一个看起来安安静静的女孩子，平常话不多，做事情也麻麻利利的。谁都没想到，这么一个人居然能狠下心选择用安眠药自杀，所幸室友发现得早，及时把她送到医院，这才捡回一条命。

公司的同事还在惊讶时，我却想起在她自杀的前几天，我们曾经在办公室里聊起未来，轮到她时，她淡淡地说："我看不到未来，我没有一点时间做自己喜欢的事情，每天一睁眼一打开手机就是工作，我没有时间谈恋爱，甚至连做一顿饭都那么奢侈。"如此想来，她一定是受不了这无趣而高压的生活，却无力反抗，才选择让自己离开这世界。

8

我又辞职了。

在上司通知年底大项目来临，取消未来两个月所有休息日后，在北京的雾霾压得人喘不过气来的时候，我选择了离开。

我放弃了一份在别人看来高薪又体面的工作，可是我心里一点都不觉得遗憾。因为这个时候我才终于明白，我要的不是很多很多钱，不是凌晨才能到家的工作，不是连蓝天都看不到的北京……我要的也许只是能够有时间做一顿饭，能够有时间陪爱的人，能够有时间浪费的生活。

凌晨才下班的生活，不是我想要的。

这场没有彩排的人生，不该被困在几平方米的格子间里，而要去寻找属于你自己的人生。

# 你总要一个人走过一段艰难

——文 | 疯子

每个人都有一段特别难熬的日子，这段日子或长或短，常让你感到绝望，看不到光。可是你要知道抱怨是没有用的，苦恼也是没有用的，难过痛苦更是无济于事，我们只能硬挺着脊梁，昂首挺胸地走下去。

前段时间，我老家的一个哥哥要结婚了，专门给我寄了纸质的请柬让我去。他说："你来吧，机票什么的我都给你报销。"我听出他语气里满满的幸福，笑着答应了。

其实我跟他已经好久没见了，自从高中毕业以后，他就去了澳大利亚留学，也鲜少联系。

家里的物质条件并不充裕，他只能够勤工俭学来赚取生活费。那段时间他每天下课后都会去西餐厅刷盘子，积攒在洗刷池的盘子都油腻不堪，他的手泡在水里的时间久了都变得泛白，晚上回到家里都觉得自己身上有股剩菜的味道。可是为了能在国外生存下去，为了减轻父母的压力，他没有其他的选择，只能硬着头皮坚持下去。

有一次我们俩聊天，他说，其实很多人都觉得国外的生活是非常小资的，但是只有我们自己知道在国外的那段时间是怎么熬过来的。回国之后他就决心自己创业，在最艰难的时光里，他谈了五年的异国女友也跟他提出了分手，原因就是他给不了她想要的。

我还记得我放假那段时间见过他一次，和他谈心到了半夜，他说："其实我也不知道她究竟想要的是什么，但是我心里清楚我给不了她房子和车，甚至都买不起她想要的一个包。所以我只能放她走了，我也希望她能够过得幸福。"

在那短短的二十天里，他瘦了整整十斤，每天过得颓靡不振，说得最多的一句话就是："我大概这辈子就这样了吧。"

一年之后，我再见到他的时候他已经开始自己创业，当时看他的精神状态就好像跟从前不是一个人一样，重整旗鼓，开始到处找资源、找人脉，为自己创业的项目做推广，然后一步步变得越来越好。

后来说起这段往事的时候，他嘲笑自己，说他现在只想赚更多的钱，其实内心深处还是希望前女友能够回到自己身边。可是当他经济条件慢慢好起来的时候，那个女孩已经结婚了。命运总是出其不意，在你毫无准备之时或是在你改头换面迎接新生活的时候，打你一个措手不及。爱情这个东西谁也说不准，是你的终究是你的，不是你的怎么抢都没用。

后来很长一段时间里他一度感情空白，快要三十岁的人了，还是孑然一身。可能是被伤害得太狠，他好像对感情已经没有什么期待了。

我记得那段时间他朋友圈的背景图一直都是“要努力多赚钱”。是啊，后来看见他的时候他都是那么拼命努力，上天又怎么会舍得去辜负这样努力的他呢。

后来在一次旅行中，他遇见了现在的女朋友，两个人也迅速确定了关系，并且认定了对方，要过一辈子。

是啊，当你变得积极向上，当你变成了一个能够让女孩觉得有安全感的人，当你变成了一个你自己都喜欢的人，当你变得越来越好之后，也会得到属于自己的小确幸。

所以你看啊，其实一个人的努力，上天是看得到的，你所走的每一步，都不是毫无收获的。有时候的顺其自然，不是毫无作为，只有当你闯过一个个的关卡时，就会明白，这些障碍的存在只是为了让你变得越来越好，一旦你适应了，努力之后绝处逢生，就会得到自己想要的小幸福。

我的听众当中有一个姑娘也是如此。今年夏天的时候，北京下大暴雨，她从公司出来已经很晚了，跑到公交站台等末班车的时候，浑身都湿透了，鞋子里也被灌满了水，每走一步都觉得特别难受。那一刻她觉得特别委屈，特别想家。

一个人在大城市的时候，虽然总是嚷着说自己什么都能干，但是偶尔还是会卸下坚强的外衣，想要找个没人的角落，大哭一场。例如，加班晚了赶不上末班车、下暴雨了没带伞、生病了一个人去医院……每当这个时候，就特别想要有妈妈陪伴，想要吃上爸爸做的菜，这或许是每个在大城市默默打拼的游子们的通病吧。

她和我说，那天的路上交通严重拥堵，原本一个小时的车程，愣是比平时晚了近三个钟头才到家。当她回到自己住的那间窄小又杂乱的小隔间，看着桌子上放着昨天没吃完的外卖时，那个瞬间她感觉特别绝望。

衣服上的雨水不断滴落在地板上，连同她的眼泪也不停地往下掉。她告诉我说，那一瞬间她真的很想离开北京，回到父母身边。

她说："其实我自己可以的，我可以自己换灯泡，自己修马桶，自己去医院……我可以自己做很多事。但在那个瞬间，我真的很难受，就好像一眼看不见未来的样子。"

她说这些话的时候，声音哽咽，眼泪快要夺眶而出，但好在她从来都没有放手。一个人内心有所期待，就会努力追逐，不会让自己失望。她有过无数次想要放弃的念头，但还是一点点坚持到了现在。

不知道为什么，那一瞬间我在她的身上好像看到了自己曾经的样子。曾经我也是孤身一人来到北京，坐公交、挤地铁、吃外卖、住小单间。晚上我加完班一个人回家，早上闹铃声一响就得起床，不敢赖床，因为一旦赖床就可能睡过头。周末待在家里，我就像是一个哑巴。

我收入不高，能力不强，也没有多大的抱负和理想，但好在我觉得生活还是有希望的，我觉得自己也并不是最差的，所以我一直不断地向前努力着。

现在那个女孩也已经搬出了小单间，自己租了一室一厅的小公寓。她虽然收入不是很高，但最起码养得起自己，而且现在也过得很舒适。虽然还没有遇见爱情，但她一直在等待。

她是你吗？是吧。

她是千千万万个在外漂泊的游子们的缩影。

其实生活中只有一种英雄主义，那就是在认清生活真相之后依然热爱生活。人生没有真正意义上的圆满，但是你走的每一步，都算数。

所以我希望你走好自己当下的这一步，我也希望你是内心强大的那个人，不以物喜，不以己悲。

拼尽全力为自己争取最好的，平静地面对生活里的每一份得失，然后笑一笑，再对自己说一声："其实也没什么大不了的，对吧？"

## 愿你出走半生，归来仍是少年

## 第三部分

# 没有一个转折，会彻底毁掉你的人生

——文 | 林一芙

1

在一次去日本旅行的过程中，我遇到一个女人，四十五岁。

我们都是一个人出来旅行，于是便搭了个伴儿。女人是个自来熟，即使是刚认识，但是架不住她的热情，听她絮絮叨叨的，没多久便敞开了聊天，当然，大多数时间里是她在说，我在听。

她告诉我，在她的四十三岁到四十五岁之间，发生了太多事。日子太难过了，被出其不意的苦难塞得满满当当，一日如隔三秋。

当她还是个小女孩的时候，老人家说："嫁汉嫁汉穿衣吃饭。"她就这样懵懵懂懂地被人哄上了花轿。

人家说好多白头偕老都是稀里糊涂开始的。可是很不幸，她要白头偕老的那个人，不太好。

结婚后，那个男人耽于牌桌，输了钱就把家里翻个底朝天，喝醉了酒，操起酒瓶子就往她头上砸。她一直安慰自己，人生也就这样了，忍一忍就过了。

四十三岁那年，她的独子车祸离世。祸不单行，这件事也成了压垮夫妻感情的最后一根稻草，本来就貌合神离的婚姻走到了尽头。

老公把属于他们共同财产里的那套房卖了，然后分了半套房的钱给她，她拿着属于自己的那半套房的钱，独自踏上旅行的路。四十五岁的女人和我们一起住在条件不太好的胶囊宾馆，在半夜里趴在床栏上“夜聊”。

对于四十五岁才开始独自出来旅行，她说：“因为太想要重新开始自己的人生。”

而她确实这样做了。她和我们一起摆弄三脚架，学用自拍杆，一起摆各种各样的怪表情拍照。那时候开始流行“对嘴”视频，她也学着录起来，吹胡子瞪眼，把金星那句“橙汁儿”学得惟妙惟肖。

我们一起去体验最大的室内乐园，她玩得像个小孩子，高举着人偶棉花糖，黏得满脸都是糖渣。

她说：“这都是以前想都不敢想的事情啊，感觉活了半辈子，终于开始过自己的人生了。”

后来旅行结束，我们分开了。朋友圈里，我也不时能看到她的最新动态。最新的一条，是她有了新的丈夫。

一个人只有下定决心放下以前的生活，才会有新的人生。

将垃圾一样的人生翻盘，才是最有意思的事啊！

2

我不喜欢六月，是从多年前的一个六月开始。

自从高考过后，每个六月都能勾起我不太好的回忆。

我的人生在高考之前都算得上顺遂，拿了很多奖，考上了全省最好的高中，成绩好、性格好、长相佳，还能歌善舞，活脱脱一个“别人家的孩子”。

俗话说，飞得越高，摔得越惨。

那年的六月，充斥着离别和上战场前的最后的压抑感，我是充满信心地走进考场的，在考试之前甚至没有做过一次模拟考卷。

我没有规划时间，按自己平时的手感做题。第二天上午的文科综合，离交卷只有四十分钟的时候我才发现，在背面填写问答题的地方，我还是一片空白，紧赶慢赶，终于在交卷铃声响起的前一分钟完成，我大舒一口气。

铃声打响，全场停笔，收卷老师从我手上收走试卷的那一刹那，我突然发现自己没有在答题卡上涂写选择题。我尝试了拖延交卷，但是无果，只能眼睁睁地看着自己只写了准考证信息的答题卡被监考老师收走。

自己犯下的错误，没有什么可以辩驳的。

回家的路上，我在车里使劲憋着眼泪。一回到家，所有的情绪都忍不住了，我从踏进社区大门那一刻开始哭，到家后直奔进厕所，吐得一塌糊涂，吓得我妈手足无措地呆立在旁边，不停地问我“没事吧，没事吧”。

我还记得中午的那顿饭，我妈做了油焖大虾，个头奇大无比，我一筷子都没动。

下午还要考一门英语，我调整好情绪走进考场。看着试卷上那些英文单词，明明平时熟悉得不得了的单词，此时脑中却一片空白，好像是我不认识似的。我一边做着题，眼泪一边往下掉。

那天晚上，我没有什么过激的反应，该聚餐就聚餐，该喝酒就喝酒。

在 KTV 里，我苦笑着跟所有人说我这次考试失常了。在五颜六色的闪光灯下，大家都涨红脸嘻嘻哈哈地说：“哎呀，大家都是这么说。”

那一刹那，在这个五光十色的狭小的空间里，看着面前这群嘻嘻哈哈特别熟悉的人，我觉得自己格外凄凉。

3

我真正开始惶恐是在几个月后，因为我意识到它好像真的改变了我的整个人生。

很多人开始因为它全盘否定你。从前夸你聪明，现在说是“只会耍小聪明”；从前夸你多才多艺，现在说你那是“不务正业”；从前夸你思维活跃，现在说这是“不够专心”。

在很多人眼里，转折点太重要了，所以只要你在转折点失败了，你的一切都是失败的：因为你高考失利，所以你一定一无是处；因为你的工作面试失败，所以你一定是个 loser（失败者）；因为你的婚姻失败，所以你一定不是个好妻子（丈夫）。

你也慢慢开始因为一次失常，而逐渐承认自己永远低人一等。

我去了一个一般的大学，也因此有了一个看起来很普通的未来。

我曾经幻想过的未来，像是永远离我而去一样。周遭的一切时刻提醒着我：好马配好鞍，而你这匹小骡子，怎么配得上草原？

那段时间，我是真的以为自己的未来，就这样黯淡无光。

现在想起那段时光，真是觉得可笑。那时候以为特别重要的、能决定自己命运的，在今天看来也不过就是“条条大路通罗马”中，用来试错的那一条路。

4

包括我后来写到这段经历都有读者说，考试考不好，本来就是你的错啊。是啊，很多时候正是因为内心默认了是自己的错，才没法好好面对。

遗憾的是，有些错误从来就没有给我们改正的机会。

一场考试，你课上努力听讲，课下认真复习，考场上奋笔疾书，比别人多花了两三倍的时间去学习，却比之前降了两分，顿时觉得人生无望。而有人连书都没翻，从三十分降到零分仍处变不惊。

正因为为了这件事去竭尽全力努力过了，被伤害时才格外疼痛。

可是，既然这么念念不忘，一定会有回响的啊。

人们总是提纲挈领地总结：高考是第二生命、婚姻是第二生命。当然，高考考到一个好大学，结婚嫁给一个好男人，确实可以改写很多人的命运，从此他们便可以飞黄腾达，人生百味，只甜不涩。

可如果因为没有抓住最大的改变机会就放弃人生的话，怎么会有机会发现，生命中还有更多微小的机会？

太宰治在《人间失格》里写过一句话，大意是“我本想这个冬日就死去的，可最近拿到一套鼠灰色细条纹的麻质和服，是适合夏天穿的和服，所以我还是先活到夏天吧”。

那些全军覆没的孤独时刻，是专属于成长的时间。如果你没有调整好姿态往下走，怎么知道这个失败的转折之后，又会有多少个转折能把你的人生复位，或者让你过得更好？

没有一个转折可以完全毁掉你的人生。

你看等你走过了难熬的十八岁，还会有同样甚至更难熬的二十八岁、三十八岁。

这是人生的第一个转折，大惊小怪也是正常。

如王小波所说：要强忍着绝望活在世上。

终有一日，你会熬过这些自认为的苦难岁月，一旦熬过，就会发现不过如此，而那些被揭开的伤疤，早已经不是伤疤了。

我把当年高考完写的一条微博送给你：

告诉自己一定要过得很好很好。在若干年后的某个六月，面对某个因落榜而痛哭失声的孩子，就像面对今时今日的我一样，搂搂她的肩，说："丫头，有什么好哭的，喏，当年我也一样这么哭过，可是你看，我现在过得比谁都好。"然后看她的眼睛里开始燃起灼灼的光亮。

我现在真想告诉你，没有一个转折会彻底毁掉你的人生。婚姻亦是，考试亦是，机会亦是。失败的转折，提醒着你用力地反思自己曾经为何没有抓住机会。那些因为错过一个机会而懊恼不已的人，如果把当初的机会给他，他不一定会把人生过好。

愿我们在今后的日子里，都不会因为某件未达成的事而懊恼不已，跌倒了，站起来，拍拍身上的尘土，继续努力向前，因为走过黑暗，便是天明。

# 纠结的时候，想想五年后你什么样子

——文 | 夜奔

已经快要立秋了，但八月的厦门的空气中依然弥漫着一股燥热。白天空气中都是热浪，但到了傍晚，伴着潮汐的进退，海风穿过城市的街道、建筑和防护林涌进来，吹得北北心神摇荡。

北北在车水马龙的街口等我。见面第一句话，她说："我决定好了，做完这个月就辞职。"

我很惊讶，辞职这件事她纠结快半年了，为何突然之间就下定决心了？

她回答说："其实也没什么，就是我设想了一下，如果继续做这份工作，五年后的我是什么样子。"

我问："五年后你什么样？"

她说："不知道，如果继续现在这个状态的话，可能依然是每天看不完的稿子，写不完的娱乐八卦，天天熬夜、抱怨……我不想是那个样子。我希望自己能更漂亮更优雅，有一位心意相通的爱人，有更好的物质基础，最好买得起一套小房子。可是，如果按现在这个样子走下去，我会永远到不了想去的地方。”

五年后，你想成为什么样子？

我想起两年前，南姐跟我讲过类似的话。那时候她毕业三年，在一家美术馆做文案，工作内容是编辑一本美术杂志，偶尔帮上司写写论文、打打杂，工作清闲且文艺，很让人羡慕。

单位里和她一样的女孩子，多数都有了男朋友，或正努力寻找男朋友。她们大多都会在工作两三年后结婚，而后一边照顾家庭，一边做着千篇一律的不太忙、钱也不多的工作。

可这并非南姐想要的，工资很低，几乎看不到上升空间，上司跟她保证的晋升被一年年推迟，到第三年，南姐算是彻底绝望了，但她没有辞职。

南姐心里一直有个电影梦，她一直很喜欢看电影，阅片无数，大学的时候修过欧美电影、日本电影的公开课，经常在豆瓣上写影评。

曾经有段时间，南姐每天下班回家就躲在房间里看电影，为了更好的观影体验，她专门买了个投影仪，看许多关于电影理论和分析的书，后来我看到她的笔名开始出现在我关注的一些电影公众号里，写各种影评、影单推荐，文笔优美，专业而有深度。

她渐渐摆脱了迷茫，在这段看似看不见未来的日子里，默默地坚持着自己要走的路，渐渐地也就踏出了一条路。

两年前，南姐决定去北京。她如愿进了一家新媒体公司，专攻采访，有看不完的电影、首映礼，以及许多想接近的厉害人物。她的稿子写得越来越好，采访的人物越来越厉害，徐皓峰、张震……从前我们一起谈论过的人物，渐渐出现在她的笔下。

她终于成了一位自带光芒的人。

那天我去北京出差，抽空和南姐吃了顿饭，彼时的她穿着职业装，踩着八厘米的高跟鞋，脸上挂着职业性的微笑，陌生而熟悉。吃饭的时候，我把最近的困惑讲给南姐听，我当时也正面临着工作上的困扰，想离开，又舍不得放弃，害怕外面的世界。

南姐说："想想五年后，你想成为什么样子，以你现在的工作，再过五年能不能变成那样？如果不能，那么为了成为那个样子，你这五年应该怎么安排，你现在应该做些什么？一步步分析，你就知道该如何选择，该如何安排你现在的生活。"

此后，每当我纠结的时候，都会想起南姐问我的这句话：想想五年后，你想成为什么样子？

许多人在做决定的时候，都会犹豫再三，尤其是工作、婚姻这样严肃的问题。

我听过一句话：大事跟随自己的内心，小事凭理性判断。

什么叫作跟随自己的内心呢？

我最近把毛姆久负盛名的小说《刀锋》看完了，朋友曾说，其实这部小说更适合再年轻一点的时候看，比如刚毕业那会儿，因为它讲的是寻找自我这个话题。但寻找自我这个话题，什么时候都不会过时。

《刀锋》的作者威廉·萨默塞特·毛姆被誉为最会讲故事的作家，毛姆似乎总对那些对既定的人生轨道感到厌倦，继而去寻找自己真正追求的故事感兴趣。《刀锋》和《月亮六便士》都是如此。

《刀锋》里，二十岁的青年拉里，是一个轻而易举就可以成为人生赢家的人，他有美貌的未婚妻、令人艳羡的好工作、每年三千美金的固定收入，幸福似乎轻而易举。然而他却犹豫了，这似乎都不是他想要的。

然而世事弄人，在第一次世界大战中，他的战友为了救他而死去。一个年轻的生命，上一秒还鲜活地展露如晨露般的笑容，下一秒就永远从这个世界上消失了。拉里受到了巨大的刺激，他感到迷惘，生命到底是什么，成功的人生到底是怎样的？

他追随自己的内心，花大量时间阅读哲学、文学、心理学书籍，在全球各地漫游，去了欧洲、东亚的各个国家，通过体力劳动换取自己的生活费……最终在印度的一个森林里，一场日出让他找到自己的答案，心灵归于平静。回到美国后，他写了一本书讲述自己的故事，并捐出了自己每年的固定收入，而后计划当一名出租车司机，走遍美国。

书中，朋友们都对他的选择感到不能理解，这样的人生真的比既定的轨道好吗？但无论好或不好，这是拉里自己的选择。人生从来不是活给别人看，没有人会对你的人生负责，只有你自己才是自己的船长。

在人生这条路上，我时常感到迷茫，在陷入琐碎却又日复一日的日常的时候，时常会丧失方向感，害怕自己成为曾经最讨厌的人，害怕在人生这条路上掉队，害怕曾经一起玩耍、欢笑的朋友把自己甩在后面……

人生有这么多迷茫和恐惧，时时不知如何是好。

但静下来的时候，我又觉得迷茫是正常的。那些看上去光鲜亮丽的人，也在黑暗中走过荆棘丛生的路，也曾停在原地，想起曾经的自己而失声痛哭。

哪个人不是一边迷茫，一边在努力生活，不然哪里来的所谓的中年危机，对吧？

我现在的想法是，不要害怕迷茫，迷茫是人生常态。就算迷茫，也不要停下脚步，要一直前进。

迷茫的时候，遇到人生的岔路口的时候，问问自己的心，你五年后想成为什么样子，你的心就会平静下来，知道下一步该往哪里走。

不知道想成为什么样子的话，那只有两个原则：多挣钱和活得开心。这两点才是最要紧的。

# 指路的人太多你终究要自己掌舵

——文 | 夏木七

1

很久以前，听过盲人摸象的故事。

有四个盲人，从来没有见过大象，不知道大象长什么样，他们决定去摸摸大象。第一个人摸到了鼻子，他说：“大象像一根弯弯的管子。”第二个人摸到了尾巴，他说：“大象像根细细的棍子。”第三个人摸到了身体，他说：“大象像一堵墙。”第四个人摸到了腿，他说：“大象像一根粗粗的柱子。”

四个盲人你争我辩，都认为自己说得对，谁也不服谁。

其实，他们都只摸了大象的一部分，只是站在自己摸到的角度去描述，并且坚持自己所感受到的，但这些都不是大象的全部。

很多时候，人们给你指点迷津也是一样，总会站在自己所接触的角度去审视问题，把自己认为对的、好的说给你听，但这些对你来说并不一定是有用的、适合的。

要学会选择性地听从别人的意见，把事情了解得更全面、更准确，与此同时，坚持自己对的东西，改正自己错误的东西，从而做事才能达到事半功倍的效果。

2

大学毕业的时候，我结束了为期小半年的实习生活，从青岛辞职，回家待了将近一个月的时间。

那段时间，我很是迷茫。

人一旦陷入选择边缘，多多少少会陷入迷茫，我也是。

那个时候正处于对文字的狂热期，自己的各大社交账号被各种文字控刷屏，刚好在 QQ 空间看到喜欢的小哥哥写了一篇《金陵旧事》，便一门心思地想要朝那座城市奔去。

我像是在谈一场飞蛾扑火的恋爱，不计后果，不计得失。

家里人自然多番阻挠，南京于我而言终究是陌生的，一个初出茅庐的小姑娘去那么远的地方能干什么？

学历不高，举目无亲，不如就在家乡附近找个工作，有人照拂，有什么事还能随时回家，多好。

周边大多数人都给出了这样的建议，甚至有亲戚的亲戚接触到与我专业相关的公司，都急着向我推荐介绍。

“别去南京了，那么远，又没个熟人，在附近找个工作挺好的，×××不就在这里，一个月也能拿几千块钱。”

这样的话听了太多，我一个二十岁出头的人，刚出学校，血气方刚，正是意气用事的时候，怎么会接受这样按部就班的生活。

我到底还是去了南京，从北方到了南方，现在已经待了两年有余，没有很好，但按着自己的性子来了，终究是做了些自己喜欢的事。

可以肯定的是，比盲目地听从旁人的建议要好很多，至少我坐上了这艘由我自己打造的帆船，开始走上这条由我自己制定的航线，一路乘风破浪。

我第一次去梅园新村看民国建筑，把木地板踩得嗒嗒作响的时候，觉得一意孤行的自己有点酷。

当然，你要保证能对自己的一意孤行完全负责，并且能够宽慰那些为一意孤行的自己而感到忧心的家人。

3

还记得当年《北京青年》大热，何家四兄弟重走青春路唤起了很多人的热血，老大何东辞去五年的公务员工作，拒绝结婚，从安稳到颠簸，自然也是备受非议。

事实证明，由他自己选择的人生，没有旁人预计的那么差，反而活出了另一种精彩。

外界总是有太多的声音，试图帮你去判断自己的人生，请选择性地去听从，我相信愿意给你意见的人出发点都是为你好，但那些好的建议并不一定适合你。

我更相信，适合的才是最好的。

4

在婚姻选择的岔路口，涌现出更多的指路人，公说公有理，婆说婆有理，你若稍微反驳一句，反而显得自己不识好歹。

适婚的男女大抵都遇见过类似的逼婚行为，或者说被逼相亲、被逼谈恋爱之类。介绍者总是绘声绘色地形容着即将与你见面的“对象”，“月薪过万”“有房有车”“国企央企”，类似字眼层出不穷，他们苦口婆心地劝诫着你，还是早点结婚比较好，不然再过几年就嫁不出去了，就很难找到一个头婚的了。

多可怕啊。

可事实上呢，你得硬着头皮去见那些原本丝毫不感兴趣的人，运气好点，对方可能和你年龄相仿、处境相当、三观一致；运气差点，遇见一个直男癌你还得怀疑人生。

我相信，站在他们的角度，一定是在为你打算，对方收入可观，人品良好，嫁给他会省去很多麻烦。但你要弄清楚，那些被定义的“好”，到底是不是你想要的生活。

5

比起逼婚更让人咂舌的是，原本许下了天长地久的两个人，因为父母的不同意而站在了分手的边缘。

不止一次看到过类似“我妈不让我和你在一起”这样的话题了，有些人选择拼死抵抗，最终嫁给了爱情；有些人则选择顺应父母，忍痛分手，直到最后也没有嫁给爱情。

朋友的朋友小鱼，过年鼓了很大的勇气才把相恋三年的男朋友带回家，结果父母嫌弃男生个子不高，收入太低，表现出很大的不满，甚至要求小鱼和他分手去相亲。

小鱼自然不肯，她和男朋友是大学同学，工作也在同一家公司，两人刚刚毕业一年，从事业方面来说，还有很大的发展空间，男朋友积极上进，小鱼相信他会是潜力股。

至于身高和颜值，她并不太在意，人是自己选的，自然能够从他身上看到别人看不到的闪光点。

尽管也闹了点不愉快，小鱼还是选择和父母好好沟通了这个问题，人是自己选的，路也要自己走，只要爱情还在，只要没有出轨、家暴的事情发生，就没有什么理由值得分手。

前几天收到小鱼的消息，年后她将和男朋友一起跳槽去更大的公司，月薪将近翻了一倍，尽管收入高低这种事从来没有对他们的爱情构成威胁，不过越来越好的愿景还是使二人更加坚定了以后的路。

小鱼说，婚礼计划定在六月初，是个旅行的好时机，打算请点亲戚朋友简单办个婚礼，然后就去蜜月旅行。

按照自己心中所想，过好自己的人生，真好。

6

人生中我们会遇到无数个十字路口，不知道向左走还是向右走，指路人的声音此起彼伏，不同的人有不同的角度，但他们都只能在选择的时候稍微给你出谋划策，没有人能真正对你的未来负责，除了你自己。

父母说你男朋友收入太低，让你分手。

朋友说你离开他就再也找不到一个对你这么好的人了。

时间久了你会发现，指路人的意见很容易相左，却分不清对错。

经年之后，历经了几个春夏的轮回后你就会明白，人生路长，指路的人太多，终究还是要自己掌舵。

## 你走过弯路，也终将抵达终点

—— 文 | 夏至

1

“我决定了，要用十二天的时间，从青海格尔木骑行到拉萨！”

看到徐泽在朋友圈发的这条动态时，我震惊得从沙发上摔了下来，连正津津有味啃着的苹果也掉落在地面上。

“徐泽，你是在开玩笑吧？从青海到拉萨那么远，你骑行还不得把腿给骑坏了？”

我忍不住给他发了条消息，心里充满着疑惑与不解。

“我没开玩笑，也没闹着玩，我是认真的。我这个人你还不了解吗，我从来都是说到做到的人啊！”他一本正经地和我聊了起来，“反正假期里有充足的时间，我已经把线路都看熟了，骑行的装备也准备好了，现在万事俱备只欠东风。”

“你就不怕途中遇到什么意外吗？万一遇上刮风下雨的天气，再撞上什么地震泥石流，就怕你有命去骑行，没命回来啊！”我可不是在危言耸听，只是为他担忧，“毕竟不怕一万，就怕万一！”

徐泽并不理会我的担忧：“夏至，你能不能别这么杞人忧天？你就放心吧，我已经做好了万全的准备，一定不会成为那个倒霉的‘万一’！”

他这个人就是固执，决定要做的事情没人能让他动摇，我见劝不动他，也不好说什么了，转而在心里默默为他祈祷和加油。

在他出发前一晚，我又和他在电话里聊了几句，他整个人都很兴奋，像是一只即将飞向辽阔天空的自由的鸟。

我问他：“你为什么要骑行去拉萨？”

他回我：“其实骑行去拉萨一直以来都是我的心愿，我从十多岁起就在幻想骑行去拉萨了。这段行程对我而言充满了无可言述的意义，未知而神秘，惊险又刺激，我想它一定会成为我人生中最难以忘怀的经历。”他的言语里是满满的期待。

“大热天的太阳这么猛，一路曲折艰险，你就真不怕发生点什么意外吗？”

他立即回复我：“如果你真的想做一件事，那么你就不必考虑路途艰辛，哪怕风雨兼程，也会义无反顾地前行。”

“那么，加油！”

他笑着说：“我会的，你就等我凯旋吧！”

2

徐泽是和另外三位青年一起从青海格尔木出发的。这几位年轻人都身强力壮，信念坚定，都想着用十二天的时间抵达神圣迷人的拉萨，完成一场艰辛而美好的朝圣。

他们出发的那天是一个大晴天，万里无云，碧空如洗。

他和另外三个伙伴选择了平均海拔四千五百米但地势较为平坦的青藏线，从青海省格尔木市出发，需要翻越昆仑山、风火山、唐古拉山和念青唐古拉山，跨过通天河、沱沱河和楚玛尔河，再穿过藏北羌塘草原，最后抵达西藏自治区首府拉萨市。

从青海格尔木到拉萨，全程一千一百三十公里。

当我从网上查到这些信息后，我既佩服他的胆量，又为他的安全担忧，换作我，我是万万坚持不下来的，也断然做不出这等惊险刺激的事情——我真是想都不敢想，一点胆量也没有。

毕竟，千里迢迢的骑行之旅，不仅需要胆量和勇气，更需要顽强的毅力和坚韧不拔的斗志，绝不是一般人可以轻易挑战的。

3

然而，徐泽成功地做到了。

他和三个伙伴一起抵达了拉萨，在那里游玩了几天，沿途拍下了几千张绝美的照片。

我发消息祝贺他：“你终于实现了你的心愿，真了不起！朋友圈已经在开始传你的‘光辉事迹’了！”

他和我说，他那十二天的旅程并没有想象中那么容易，别人看到的是他踏入拉萨朝圣的照片，却看不到在那之前他所经历的痛苦和磨难。

“我在这十二天瘦了十斤，人也被晒得黝黑了！”他叹着气和我诉苦，“我在出发前就知道这不会是一场多么轻松愉快的旅程，但事实比我想象中还要更苦更累，要不是身边还有其他三个伙伴陪我，我可能在半路就坚持不住了。”

原来，徐泽他们骑行的第一天就已累得精疲力尽了，前方的道路也不平坦，曲折坎坷，还多上坡，他们得使出比往常多一倍的力气骑行。

更要紧的是，那些天都是晴天，中午的时候太阳如火炉一般炙热，阳光又毒又辣，几乎要把他们烤化了。徐泽他们顶着烈日骑行，经常是没骑几分钟就汗流浃背，他还差点中暑了，口干舌燥，浑身无力，难受极了。

“更可怜的是，我们弄错了方向，走错了路，差点回不来了……”徐泽回想起来依旧心有余悸，“在我们骑到一百多公里时，我们发现迷失了方向，队伍中还发生了分歧，虽然最后我们统一了前进的方向，但还是走错了路……我们多走了十几公里的弯路，还好发现得早，不然我们到现在估计还在路上呢！”

徐泽回来后，整个人变得精壮有力，皮肤虽然被晒得黑了一些，但更显男儿气魄了，有种“行走的荷尔蒙”的感觉。

更重要的是，他的个性也变了许多，变得越发果敢沉稳，为人处世再也没有了以前的那种浮躁感。

他说是那一趟拉萨骑行之旅改变了他，没有过这种长途骑行经历的人大概是没办法感同身受的。

“顶着似火骄阳，衣服、裤子都被汗水浸湿，到后面都快脱水了。我当时最大的感受就是痛苦，而现在回想起来，那些都是磨砺意志的宝贵经历。”

徐泽在朋友聚会时和大家说道：“我不后悔那一次走了弯路，恰恰相反，我感谢自己多走的那十几公里的弯路，它让我意识到人生之路漫漫，就算走上了弯路，也可以折返，历经艰苦波折，依旧可以抵达目的地。”

“只要你足够渴望，只要你能够坚持，只要你始终朝着一个目的不断努力前进，那么该抵达的终点，无论时间长短，你终将抵达。”

我想象得出徐泽咬着牙忍着泪前行的模样，走过弯路后又回头重新出发，那段历程必定困难重重，但值得庆幸的是，他终于还是不负众望地抵达了奇美壮观的拉萨。

弯路多艰难，他亦没有白走。

4

我想起前几年陈卫休学时大家惊讶不已的情景。当时我们几个朋友都觉得陈卫做了一个非常错误的决定，便一个劲儿地劝他别犯傻，趁早改变主意。

可他偏不："我休学是因为在学校里待腻了，我感觉不到自由。我想做自己真正喜欢的事情，而不是成天学那些枯燥乏味、完全不喜欢的东西。"

后来他不顾亲朋好友的劝阻，毅然休学，开始了一个人的旅行。从海南到新疆，由南向北，他几乎游遍了祖国的大好河山，等到他回家时，我们都以为他这次玩够了可以回来继续读书了，结果他却固执地办了退学手续。

他爸妈气得敲着他的脑袋说他脑子坏掉了，他却仰着头，无比坚定地对他们说："我很清楚自己不是一块读书的料，所以与其让我浑浑噩噩地在大学耗完剩下的时间，还不如让我现在就踏进社会，还能早点赚钱。我找到自己真正想做的事情了，我要做一名摄影师！"

他给父母以及身边的朋友看了好些他在旅行途中拍摄的照片，秀丽的风景、淳朴的民风、笑咧了嘴的小孩和驼背的老奶奶……我在他的那些美不胜收的照片里看到了我从未见过的大千世界。

那些照片纯真美好，干净质朴。

我不得不承认，他是有摄影天赋的。

后来他退学后自学摄影，跑遍大半个中国，拍下了好多组创意照片，还拿了不少大大小小的奖项。现在他如愿以偿，和别人合伙开了一家摄影工作室，而他的名片上写着的是这么五个烫金大字："著名摄影师"。

在别人质疑的目光下，他不顾艰险，勇往直前，最后真的实现了梦想。

有一次我问他："你难道就不后悔没念完大学吗？你连个大学毕业证都没拿到，那你之前读的那两年岂不是白费了吗？"

他笑了笑说："那又怎样，你看我现在没有大学毕业证不也过得很好吗？"

我点点头，不过还是觉得有些可惜："可那相当于你走了两年的弯路啊。"

"如果没有走过弯路，我到现在大概还在路上迷茫不已，不知道未来是什么样子，连自己想要什么都不知道。"陈卫眼睛里闪烁着光芒，"有时候弯路也是路，只有走过去，你才能找到方向，抵达梦想的彼岸。"

他在说这句话的时候，目光炯炯，整个人都熠熠生辉。

我没有反驳他，而是重重地点头。

5

谁说弯路不是路，谁说弯路都白走了呢？

弯路也是路，而且是你漫漫征途中必不可少的路，它时而艰险，时而崎岖，然而你只有顺利通过它，才会发现更旖旎的风景，才会走向更广阔的天地。

弯路是值得一走的，虽然辛苦劳累，但你并不会白走，就像那些你洒下的汗和流过的泪，它们不会白白流淌，而会成为使你更加强大的一块块砖，铺在通往梦想彼岸的路上。

你要相信，你走过弯路，也终将抵达终点。

所以，别害怕前路漫漫，弯路重重，带着梦想上路，无所畏惧，无所顾忌，坚持自我，走着走着，你的人生便会是另一番灿烂风景了。

# 喂，三十岁快乐

—— 文 | 宋小君

你好，三十岁的我。

我们终究还是见面了。坦白说，你和我想象的不太一样，具体哪里不一样，我一时也说不上来。

今天天气不错，阳光尚好，从窗户看出去，这座红尘滚滚的城市也醒了过来。

而我迎来了三十岁生日，这一天，多少令人有一些恍惚：我还是个孩子啊，怎么一下子就三十岁了呢？

人生有很多事情，永远都准备不好。

但这也是人生乐趣之一，永远都带着一些不知所措去迎接每一个早晨，笨拙而迷茫，但也充满了更多可能性。

二十二岁时，我刚从大学毕业，写了一段话自勉：

三十岁之前，苦读几十本好书，老实做一件事情，赚足第一桶金，玩命爱一个姑娘，将来老了，就不怕回忆，可以吹些牛。

现在三十岁了，当初吹下的牛算是做到了一部分，但离向往中的理想生活，还有着不小的距离。

每个人都爱幻想未来，未来还没来的时候，往往喜欢高估或低估自己。

但好在，未来总会来，以谁都意想不到的方式。

人人都会失去一些，也会得到一些。

当年在学校里，我们都是不谙世事的小孩，晚上有热恋中的情侣压操场，刚刚走进宿舍区就能听见姑娘们铃铛般的笑声，可惜毕业后，就再也听不见这样的笑声了。从教学楼的阳台上望出去，女生宿舍五颜六色的内衣，如旌旗一般飘扬。天气好，能见度高，运气好的话，能看见在窗户边上，穿得很少，正在读书的姑娘。

足球场上，少年们跑着、叫着、笑着，有着流不尽的汗水和发泄不完的精力。

操场上，小情侣如寄生植物一般黏在一起，恨不得长进彼此的身体里，就这样一直腻着到永远。

那时候我刚刚告别处男之身，把窖藏了二十几年的爱，一股脑给了一个笑起来总是很嚣张的姑娘。

二十几岁，爱的比不爱的多，相信的比不相信的多，会觉得我的未来有千百万种样子，我会成为夏天撩起姑娘裙子的风，天上变幻莫测的云，我会是个歌手，是个宇航员，是个叼着烟、开着破车周游世界，一路上捡拾搭车女孩的卡车司机。

每天早上醒来，我对这个世界充满着幻梦。

毕业之后，情况发生了一些变化。

我在上海的三年，收入不高，朋友不多，红尘滚滚是别人的，我多少有些孤独。

但我锻炼身体、工作不休、写作不止，心中一直有着满腔的热情，每天入睡前，都会把自己烧得滚烫。

我在自己的出租屋里，听着隔壁传来的水声、调笑声、吱呀声，告诉自己早晚会过上自己想要的生活。

在大多数人怀疑人生的时候，我唯一拥有的就是心里这团火了，哪怕只是小火苗。

后来，我转行写剧本、跟剧组。

剧组是个神奇的存在，仓促，临时，却又阶级分明。

导演、主演的饭菜都写着名字，其他人只能蹲在路边，像流浪汉一样快速吃完。

统筹永远在抢主演的时间，小演员只能自己带着折叠椅、水壶，永无休止地等着，但似乎见不到有人失望。

你知道你永远有机会，永远有可能性。

现场制片给自己的场务发了统一T恤，上书“×家班”，纪律严明如军队。

执行制片人每到一座城市拍戏，就四处寻找手艺好的捏脚小妹。

生活制片如外科医生一般精确平衡着饭菜质量和自己灰色收入的比例。

原本只能拍广告的女演员在得到一个可有可无的角色时，用力过猛地表现自己。

人人都想要改变命运，活得更体面一点。

更多的时候，你并没有时间去怀疑人生。

我写了两年剧本，终于要创业了。

我们三个老同学在雾霾浓重的北京的一个小区里揭竿而起。

我透过沉沉雾霾，似乎已经看到我们三个上了杂志封面，标题言辞夸张地称赞着我们。

想像中的成功总是很容易，动辄三年五年规划。

但真正做起来，才发现为什么老话总说“万事开头难”。

我们刚创业那会儿，赶上 IP 热，总有一种改革开放初期的混乱感，你可以极其浓烈地感受到人们改变命运的热情，恨不得就叫嚣着“人傻，钱多，速来”，但也觉得有趣。

“势利”就是一种“务实”，“功利”也是某种“公平”，资源永远优化配置给能力突出的人。

没有什么比“热捧”和“冷落”的交替出现，更能提醒自己到底有没有真正的实力。

当你深刻地了解了这一点后，就好像发现了看待世界的新角度，如同你透过毛玻璃看正在沐浴的姑娘，苦于总是影影绰绰看不爽利，一侧头，却找到了最妥帖的角度。

创业，是给自己建立另一个世界，在这个世界里，实现自己的野心和幻想。

除此之外，你也需要努力把自己的精神世界建设好，精神世界决定了你在别人心中是什么样。

我有一个观照自己的工具：写作。

所有的“郁结于内”都有一个“发乎于外”的温和方式，内就有了悲悯，精神就不容易抑郁。

我也有了反思自己的勇气，努力让自己保持少年的热情，变得更温和，修正性格里天然的缺陷。

有时候，也会莫名想起被我辜负的姑娘，觉得少年时曾荒唐，也曾浑蛋过。

如今想起忍不住内疚，这句“对不起”却已经没有了诉说的对象。

什么是活得更好？

活得更好，大概就是事业上能得心应手，体形上能得到控制，爱情里能做到不辜负别人，当下正在过着自己期望的生活，内心越来越平静吧。

三十而立，立的是什么？

我突然就想到学生时期抄在笔记本里的一句话——

I was surprised, as always, that how easy the act of leaving was, and how good it felt. The world was suddenly rich with possibility.

我总是惊讶地发现，我不假思索地上路，因为出发的感觉太好了。觉得世界充满了可能性。

少年三十岁了。三十岁的你，依然是少年。

# 第四部分

## 刀剑尚未配齐，走出已是江湖

# 梦想是朝着远方，做一次最虔诚的奢望

——文|焦志杰

1

杨帆是我的死党，数理化门门精，英语却烂得一团糟，常年在六十分上下浮动，即便这样，他依旧在高手云集的理科班混得风生水起。

高考出成绩的那天，他未上本科线的高考总分瞬间将他对未来的期待浇灭，说是从云端跌落万丈深渊一点也不为过。昔日的理科高才生不慎落败，就像一个常胜将军不小心打了败仗，哪怕是不起眼的污点，也能毁掉毕生美誉。

所有人都劝他读个好点的专科，可以专升本，有心的话也能考研，不必把大好的青春年华浪费在复读这件事上，毕竟风险太大。

八月份我去了北方，开始了梦寐以求的大学生活。而他即使深知复读的风险，也知道前方困难重重，依然选择了复读，再次冲进书山题海厮杀。

他复读的这一年里，我经常给他写信。在现代科技统治下的今天，书信作为最古老的通信方式，却成了传递彼此感情最好的载体。

时间就这样在你来我往、写信收信的重复中悄悄流失，在信里，我们除了诉说彼此的想念，更多的是祝愿彼此，希望各自的前程光明远大。

来年高考的时候，他不负众望，以超过一本线二十分的成绩去了重庆读大学，学软件。

果然，人就像弹簧，触到最底才能赢得大反弹，而他的新生活才刚刚开始。

2

大一寒假，我听闻他的母亲因癌症去世，那天正好是除夕。

大街上人流拥堵，到处都有着过年的味道。街道两旁挂着的大红灯笼在冷风中喜庆地摇摆，人们四处采购年货，为新的一年装点着新气象。而他穿着孝服对前来吊唁的亲友叩头行礼，十八岁的成人礼来得如此肃穆庄重，始料未及。

知道这件事后，我在家哭了整整一个晚上，心疼他，也骂老天的不公。在人生美好盛开的十八岁，却让他经历这生离死别的大场面；在本该被母爱呵护的年纪，却永远失去了母亲。

我不敢去看他，因为怕见了面不知道说什么，安慰，还是同情？

语言有时候很有限，却又很伟大，可有时候又脆弱得不堪一击，连屁都不是。

我决定去看他是在开学前的几天。离开前，总觉得还是应该去看看他，无论何种理由。

我见到他的时候，眼前这个满脸长痘、胡子拉碴、头发长长的小伙子吓了我一跳，要知道他以前是干净利落、精神饱满的，绝对跟站在我面前的这个人判若两人。那一刻我知道，所谓的苦难，只会让人变得更糟，更坏，甚至更烂。

3

有一次他的室友给我发微信，说他已经很长一段时间都没去上课了，白天宅在寝室睡觉，一日三餐在床上解决；晚上经常一个人跑出去喝酒，回来的时候酒气熏天，烂醉如泥；要么就泡在网吧通宵打游戏，上学期挂的科目也没去补考。室友担心再这样下去他会被强制退学，问他原因也不肯说，所以希望我能够好好劝劝他。

是啊，失去母亲这样的事，又怎么可能轻易逢人就说。那是一道长在心口的疤，提及一次，伤口就会撕裂一次，泛着鲜红的血，永远也好不起来，所以只能不去触碰，让它慢慢愈合。

我决定跟他好好谈谈。

也许是心有灵犀，还没等我拨通他的电话号码，他的电话就先打来了。

他在电话里告诉我他决定退学，回去复读。这时候他已经大二了。

然后我就在电话里扯开了嗓子骂他："你是不是有病？是不是还没过够那些丧心病狂的日子？大二了还不老实，还想着再去跟小年轻体验一把热血的青春？"骂完后我就哭了，然后说了很多好话，整个过程基本上都是我絮絮叨叨地说，他静静地听着，没打断我，一言不发。

最后我问他："你想好了吗？"

他说："这件事我想了很多天，我知道你说这些话是为我好，可是你也知道我不会轻易做决定，一旦做了决定就一定会付出行动，我会为自己负责的。"

后来我慢慢了解到，他学的专业自己根本不喜欢，之前还会认真按时地上课交作业，后来逐渐演变成逃课、挂科、补考、重修，自暴自弃，再加上母亲去世带给他的打击，当所有不好的事一起找到他的时候，他终于丢盔弃甲，于是造成了现在他的酗酒、熬夜，甚至面临退学，一副好牌被自己打烂了，把自己彻底锈成一块废铁，钝得刀枪不入。

只是当时还有补救的机会，还没到只有退学一条路可走，然而他主动申请了退学，回去复读。我佩服他的决绝，没有多少人有这样的勇气经得起从头再来，还是第二次复读。

## 4

果然是理科的高才生，从回学校复读到参加来年高考，满打满算也不过半年的时间，他却考出了超越一本线五十分的成绩，谈不上惊艳，可是对于一个已经上了一年半大学再回去复读的人来说，在如此短的时间内考出比一般人好的分数，已经很不错了。

因为他上过大学，所以才更加清楚自己想要什么，在高考志愿填报栏上，他慎重地写上了山东大学电气专业。

现在他大二了，折腾了一圈后又回到原点，不过这回是换了地方，做着他喜欢的事。

5

现在的他每年不仅可以拿到综合一等奖学金，更是将国奖、省奖拥入怀中，另外还是学生会主席、旅游达人、各类比赛的种子选手，身边更是美女围绕，要知道以前的他连跟女生说句话都会脸红半天，如今则是风趣幽默，谈笑风生。

他的朋友圈总是晒一些去哪儿旅游的照片，或者又在某次大赛中拿了奖，引无数人羡慕，然后我就在底下看到一堆共同好友的点赞评论，言语间无不透露着艳羡的意思。

其实我们都知道他能有今天的成绩全靠自己的努力，在经历了高考失利、复读、母亲去世、大学退学、再复读这一系列让人心塞又无力的经历后，自己心里仍然保留着最初的梦想。他想要什么，就一定会千方百计、不遗余力地去做，而不只是嘴上说说而已。就连母亲去世这样的人生大事，也未曾看见他一睡不醒。

杨帆的母亲去世三周年的那天晚上，他发了一条朋友圈：

时至今日，身边的一切早已换了容貌，不复当年模样。这些年，我的经历足以让我看透人生百态，之所以我会变得更好，完全不是因为我的苦难，而是在苦难面前，我有着一颗火热的心，和一个未完成的梦。有梦才能到远方。

那条朋友圈的下面，我评论了四个字：真好，兄弟。

6

很多时候我们谈及梦想时会很恍惚，因为我们并不知道梦想到底代表着什么，它不是时常挂在嘴边的说辞、心血来潮时的口号，更不是带着正能量的标签，它意味着执着的努力、涅槃后的重生、坚持的信仰和永远年轻的心态。

那些嘴上说着“我有梦想”的人，大概永远都不会成功。

而真正心怀梦想的人，是像杨帆那样，用一颗火热的心，编织着一个美丽的梦。

这个美丽的梦，应该是朝着远方，做过的一次最为虔诚的仰望。

是啊，有梦才能到远方。

# 致远方

—— 文 | 宋小君

远方，你好。

我小时候，老爸在外打工，一年只回家几次。

我从小就由妈妈照顾，也许是成长中缺少了一些雄性，所以小时候的我只让女人抱，陌生男人看我一眼，我都会哇哇大哭。

而老爸自幼独立，十三岁就骑二八自行车载着百十斤的地瓜叶赶集了。

老爸过年回来，我们父子俩看电视，当时正播着《楚留香传奇》，秋官唱着“天大地大何处是我家，大江南北什么都不怕”。

老爸有些感慨地跟我说：“好男儿志在四方，可不能在家点灯熬油补裤裆啊。”

我敷衍地点点头，心里却想着我才不要离开家，我最害怕的就是远方。

当时，我去的最远的地方就是几个邻村，在邻村还被狗咬过，至今大腿上都有一个月牙形的疤。

远方就是那条狗。

它给我留下了一道疤，还伴随着深深的童年阴影。

老爸自然不能容忍他儿子窝囊，于是提出要带我去青岛，到他打工的地方住两天，见见人间疾苦，培养培养男子气概。

那是我第一次离开家，去离家一百公里的远方。

在青岛，老爸住的地方看上去很让人心酸。搭起来的简陋平房里，用木板铺成了大通铺，住着另外几个打工的糙老爷们。

当天晚上，晚餐是炸鱼和疙瘩汤。

睡到半夜，我梦见找厕所，找啊找啊，找啊找，天见犹怜，终于在憋不住之前找到了，于是一泡长达两分钟的小便打破了暗夜里的宁静。

老爸的被褥被我尿成了一片汪洋大海。

第一次出远门我就尿床了。

第二天，我又梦见找厕所，又尿了。

第三天，我确定我真的找到了厕所，结果还是尿在了被子里。

老爸忍无可忍，只好把我送回家。

奇怪的是，一回到家我就不尿床了。

也许尿床是我畏惧远方的应激反应。

老爸继续努力，经过周密计划，决定送我去一个绝对能提升男子气概的地方。

我和我爸坐了四五个小时的长途汽车，终于来到了一个偏僻得在地图上几乎找不到的武术学校，它隐藏在云山雾罩里，就像是少林寺。

老爸连哄带骗；“下一个蜚声国际的动作巨星就是你！”

我竟然信了。

老爸把我安顿好，就自己坐车回家了。

我觉得我像是被郭靖扔在终南山的杨过似的。

第一天晚上，我跟着班主任走进大通铺的学生宿舍，被眼前的景象惊呆了。

这个由教室改成的学生宿舍，睡了一百多个大大小小的学生，最大的开始梦遗了，最小的应该还在尿床。

班主任离开后，他们对我这个新生产生了强烈的好奇心，都围过来打量我。

其中一个瘦瘦高高的男生，一把掀开了我的褥子，我一惊，看到床板上全是一个个贯穿的窟窿。

我愕然看着一张张黑黝黝的脸，疑惑地问：“这是什么？”

瘦高的男生冷冷一笑，坐到床板上，伸出中指，对着床板“啪啪啪”戳了三个窟窿。

我惊呆了。

我抬头看上铺的床板，果然全是窟窿。

后来我才知道，这是他们欢迎新生的方式，也是晚上睡觉前发泄多余精力的渠道之一。

那一晚，在呼噜声、磨牙声以及各种非人类的声响中，直到凌晨我才半梦半醒地睡去。

五点钟左右，刺耳的哨声在我耳边响起。我擦了擦嘴角的口水，睁开眼，发现所有人都在飞速地穿衣服。

等我反穿着校服裤子，跑进队伍里的时候，天还没有亮，早晨的寒风格外凛冽，说是猫咬耳朵一点都不夸张。

我们围着山路跑，我跑着跑着就把隔夜的饭吐了出来。我出列，蹲在一边，吐到开始吐黄水。

教练问我吐完了吗，我说吐完了。教练就让我继续跑。

我忘了那天到底跑了多久。山路上，一个个冻得跟孙子似的男孩，在寒风里浑身冒着热气，像一个个刚刚蒸熟的馒头。

跑回学校，我瘫软在地上，有人喊道："开饭了。"

同学们一窝蜂地冲上去。我从人缝里看见，中间放着三只高大的塑料桶，一桶馒头，一桶咸菜，还有一桶不知道是什么成分的淡汤。

我想起小时候我家养的一圈猪，每天就是拿桶装着泔水喂它们的。

我看着布满黑手印的馒头，突然想起了《济公活佛》里被济公摸过的馒头，一阵干呕。我实在不想侮辱我的消化系统，就把馒头和汤让给了我的同桌，那个瘦得可怜的小子一把夺过去，开始狼吞虎咽。

吃过早饭，终于可以开始上武术课，我激动坏了，完全忘记前一天晚上看着学长们用中指在床板上戳窟窿的恐惧，还有那顿难以下咽的早饭。

我仿佛看到二十年后自己站在纽约街头，对着一帮老外打拳，骄傲地说着："Hey，yo，Kongfu，Chinese Kongfu（嘿，功夫，中国功夫）。"

我兴高采烈地跑到操场，和其他新生一起集中到一片空地上。一个小女孩站在操场上，扎着马尾辫，看着特别的神清气爽。我心想可能是哪个老师的孩子吧。

体育委员整理好队形，恭敬地退到一旁，大声喊："请教练。"

我兴奋地四下张望，想看看教练有没有李小龙那么帅，可是看了半天，也没看到教练的影子。正当我奇怪万分的时候，听到一个声音："今天我们练踢腿。"

我低下头，不敢相信自己的眼睛，眼前站着的这个比我矮大半头、比我小五六岁、鼻涕还没擦干净的小女孩，竟然是我们的教练？这不科学，这是对我们的侮辱，我忍不住要抗议。

小女孩已经一边踢腿一边喊起了"一二、一二"。

我承认小女孩踢得确实很高，在我像她那么小的时候，也踢得很高。

接下来，小女孩又奶声奶气地让我们压腿，她竟然还装模作样地纠正我们的动作。

我全程不配合，冷冷地看着这个小丫头。

小丫头转过头，看到我没有按照她要求的动作压腿，有些恼怒地看着我，我回瞪她：别以为你小我就会让着你。

小丫头走到我面前，食指、中指并起来，指着我问："你是不是不服气？"

我冷哼一声："这不是废话吗，我堂堂大好男儿，凭什么让你一个七八岁的小丫头呼来喝去？"

小丫头盯着我："这样吧，我们单挑。"

我哈哈大笑，觉得自己简直胜之不武，但还是站出来，看着小丫头说："来吧，我让你三……"

然而话未说完，我已经脸着地，一股土腥气直冲我的鼻孔。头好晕，我勉强抬起头，只看到了小丫头负手而去的背影。

是的，我被一个七八岁的小丫头片子打了，这毁掉了我的自尊。

三天之后，我身上所有的关节都在疼，所有的肌肉似乎都肿了。

七天之后，练大劈叉。我疼得骂完了我学会的所有脏话，连续几天走路都外八字，小便时只能扎马步以缓解疼痛。

十天之后，我找班主任老师哭诉，说我想回家。

班主任老师是个结实的姑娘，她说："娘们才哭着喊着要回家。"

为了让班主任和同学们承认我的性别，我决定再忍几天。

二十天之后，上午我跑完了五千米，被高年级的同学欺负，藏在口袋里的两包方便面调料被抢走。我再也顾不上什么娘们不娘们，用身上仅存的几块零花钱，打电话给我妈，哭喊："妈，救命。"

我爸风尘仆仆地赶来，办了退学手续，把我领回家。一路上我爸鄙视地看着我，没有跟我说话。

后来我才知道，我妈对我爸下了最后通牒："你再不把儿子领回来，我就跟你离婚！"

远方太可怕了，简直不是人待的地方，我再也不要去远方了。

十四岁，我开始上初中。

中学在镇上，离我家四公里。但是中学要求封闭式管理，每个礼拜放假一天半，除了走读生，其他住校生平时不准出校门。这里如同监狱。

这个如同监狱的远方，让我时时刻刻想着逃离。

当时我的班主任姓薛，是个刚毕业的二十多岁的小姑娘。

我每天的主要任务就是跟她斗智斗勇。我充分发挥了我的聪明才智，想方设法地偷偷从学校跑回家，甚至伪造我是走读生的学生证，以便通过门卫的检查。

每个礼拜放假回家之后，我都装病，病个一两天才依依不舍地回学校。

后来，我集合了几个和我志同道合的小伙伴，下晚自习是八点四十，在我的带领下，我们几个人佩戴着走读生的学生证，推着自行车混了出去。

夜色中，我带领着小伙伴们奔驰着。九点半左右，我们陆续到家。

我妈问我怎么回来了，我就撒谎说学校宿舍屋顶塌了，要整修。

第二天早上，我六点起床，奔驰在黎明的薄雾里，赶回学校上早自习，假装什么也没发生过。

到了晚上，下了晚自习，我又带着小伙伴佩戴着假学生证往外走，结果可爱的薛老师站在大门口等着我。

我被薛老师带回她的宿舍训斥，她说：“大半夜的骑自行车去那么远的地方，出事怎么办？你自己出事也就算了，还带着别的同学，万一出事，我怎么跟人家家里交代？”

我倔强地仰着头，一言不发。

薛老师就把高跟鞋脱掉，使劲踢我，直到把我踢哭了，她也跟着哭。

我其实一点不疼，我哭只不过是想早点回去的权宜之计。

但是薛老师是哭得真伤心，我也不知道为什么，明明是她踢我，她自己有什么好哭的呢？

我实在看不下去，就服了软，说：“好了好了，我以后不偷偷往家跑了还不行？”

薛老师擦了擦眼泪：“你要是再跑，我只能叫你家长来了。”

我无奈地点点头，又说：“可是校服穿两天就脏了，我自己又不会洗衣服，穿着脏衣服我可难受了。”

薛老师叹了口气。

从此每隔两天，我就把校服送到薛老师的宿舍，一边复习功课，一边看着薛老师给我洗校服。

我那时的名字叫“宋军”，薛老师批改作业的时候，越看越不顺眼，她说：“宋军啊，我觉得你不应该叫‘军队的军’，你应该叫‘君子的君’。”

那之后，我就改了户口本。

薛老师给我洗了三年校服，一直洗到我初中毕业。

那天晚上，薛老师找我去散步。

天气有点热，知了一直在叫。

薛老师穿着连衣裙，我至今还记得上面的纹理，还有她身上洗衣粉的香味。

薛老师说：“宋君啊，你是男子汉，可不能一直这么恋家，你得去更远的地方，看更好的风景。”

我说：“可我有点害怕。”

薛老师捏捏我的脖子，说：“你记着，男人没什么好怕的。”

我迟疑地看着她。

她笑得像个穿裙子的天使。

那个时刻，如果我知道什么是爱情的话，我一定会深爱上她。

我的初中毕业纪念册上，薛老师写了八个字送给我。

她写道：放开胸怀，洒脱生活。

这八个字，还有薛老师对我说的要去远方的话，我始终牢牢记在心里。

我得去远方。

初中毕业，我离开了薛老师，到了城里上高中。

十八岁的年纪，身体发育已经完成，个子也比初中的时候长了一大截，胆子也越来越大。

十八岁的少年开始有了理想，也有了喜欢的姑娘。

可高中永远有做不完的卷子，写不完的作业。

谈个恋爱要偷偷摸摸，生怕被班主任“捉奸”，通知家长。

我看着喜欢的姑娘，因为学不好立体几何急得脸上冒痘痘，心疼得要死，恨不得一把火烧光教育部。

于是我想要逃离，想要自由自在，用书上的话说，叫“生活在别处”，叫“诗意的栖居”。

我从害怕远方，到渴望远方。

我想带着心爱的姑娘私奔，和立体几何说再见。

可惜那时候我走不了，被圈在这座名为“应试教育”的牢笼里，被数理化锁着，被班主任锁着，被高考锁着，如同一只渴望展翅高飞的老鹰，每天都在想越狱。

我心里憋得慌，无处发泄，于是写诗，写很多关于远方的诗，差点变成徐志摩。

那时候，老师们都说：“高考是通往远方的唯一出路。”

我和姑娘都信了，于是分手、拼命学习，化荷尔蒙为学习的力量，希望杀出一条血路。

大学就是远方，远方没有立体几何，没有时刻等着棒打鸳鸯的班主任。

我想出省，想离家越远越好，坚持认为只有出省那才叫上大学。

可惜理科非我所长，最终还是折戟沉沙，赔了夫人又折兵。

我高考失利，没能去到我心目中的大学，只能收拾行囊，孤身一人去了烟台，离家两百八十公里，要坐四个小时绿皮火车。

烟台一到冬天就下大雪，一早醒来，白茫茫一片，像是老天爷打翻了米袋。

大雪齐膝，走在校园里，人人都像是矮了一大截。

我抱着当时的女朋友，站在教学楼的天台，透过漫天风雪看远方。

少年的心早已经飞过去。

我那时候一心渴望着北京，因为北京就是远方。

烟台到北京，就是霓虹灯到月亮的距离，对于少年来说，一点都不远。

女朋友像是预见了什么似的，她说我野心太大，一个男人野心太大，心里能留给姑娘的位置就不多了。

我那时候完全听不懂她在说什么。

大二那年，我参加搜狐校园专栏作家年会，第一次离开山东，坐了一夜的绿皮火车，从烟台赶往北京，就像古时候赶考的书生，赶往长安。

女朋友送我到火车站，给我系好围巾，而我当时过于兴奋，完全没有注意到她的眼神。

现在想想，那是一种当年的我还看不懂的哀伤。

那一路上，我都在想象北京的样子，当看到“北京站”三个大字，我几乎要欢呼起来，这里是北京啊！是我梦寐以求的北京啊！

那时候的北京虽然堵车堵得像是输卵管阻塞，但还没有雾霾，顶多有点风沙，那时候的房价也不像现在这般天价，才七八千一平方米呢。

在我眼里，这些风沙和红叶一样，都有了别样的诗意。

当天晚上我就去了清华大学，走在校园里，想看看清华大学的学妹和学姐是不是长得不一样。

当时我就发誓，毕业之后要北上，北京就是我要去的远方。

我大学毕业，又面临分别。

女朋友在她姐姐的鼓励下，决定去巴黎留学。

我傻呵呵地和女朋友一起备考雅思、准备签证，一起搜集关于巴黎的一切，一起说“笨猪”。

送走她的时候，我才意识到当初她所说的关于男人的野心的话，她眼神里的忧伤到底是什么意思。

原来，远方除了遥远、野心、梦想，还有失去。

所以，女朋友成为了前女友。

失去来得太快，我无法阻止，来不及感受，只能喝一罐可乐冲掉心酸。

老妈不同意我去北京，她更希望我子承父业，不用一个人去大城市遭罪。

老爸不以为然，说："趁着年轻，出去看看。"

我又想起了秋官唱的"大江南北什么都不怕"。

我去了北京参加面试，被录取之后，北京分公司的领导让我去上海总部实习三个月。

我又从北京去往上海，又是一个远方，十里洋场和浓油赤酱。

南方和北方不一样，北方干燥，南方则是湿冷。我刚去上海的时候，天总是湿湿的，洗了的衣服似乎永远不会干。

我和十几个陌生人合租在一个群租房里，打仗一样抢厕所，洗澡洗到一半会有姑娘闯进来。我住在只能放下一张床的房间里，没有窗户，关上门就是夜晚。

后来我实在忍受不了隔壁那对年轻的情侣，搬到另外一处房子，开始了和三个女孩的合租生涯……

后面的事情，你们也许知道。

三个月后，上海的领导丢给我一个选择题，愿意去北京，还是愿意留在上海，他让我自己选。

考虑到上海总部的女同事温柔漂亮，我毅然决定留在了上海。

我从出版业到影视业，从编辑到编剧，跌跌撞撞地走每一步。

我从小喜欢写作，不写出来像憋尿一般难受，梦想去远方，靠写字吃饭。

大学的时候，我和好兄弟戴日强组文学社，为了做活动接了妇科医院人流的广告，把小卡片塞到女生宿舍里。

那时候我们有几十个人，都渴望通过写作到达远方。也曾一起约定，执笔走天下。“大姨妈”在一天，写作就在一天。

可惜毕业之后，大多数人没有走这条路。

只有我和戴日强坚持下来，互相吹牛，互相鼓励。坚信有一天，能到达我们想去的远方。

《一男三女合租记》电视剧版已经开播，电影版也为期不远了。

看到键盘敲出来的故事变成画面，看到故事里的人鲜活地站在我面前，百感交集，原来远方并不是那么遥远。

远方不仅仅是某个目的地，还是一种梦想。

我们的生活大都平凡，渴望着琴棋书画诗酒花，但最终还是柴米油盐酱醋茶，每天挤地铁上下班，在办公室侃大山。

因为生活平凡，所以梦想才显得英勇，注定要拯救你我于平凡的生活之中。

落魄骑士堂　吉诃德还骑着马打风车呢。

穷小子盖茨比还渴望着富家千金黛西呢。

身体和精神永远都待在同一个地方，会成为困兽，困在原地，一点都不酷。

梦想能带我去更远的地方，更远的地方又有新的梦想在等我。

因为年轻，胸中热血滚沸，所以坚信脚能走出的才是最长的路，我能到达的远不止这里。

所以，我得走更远。

在陌生的城市，想家的时候，我就对自己说："家不是让你待着的地方，而是让你去远方的时候，心里想着的地方。"

# 开挂的人生背后，都是艰辛

—— 文 | 陆 JJ

1

那些牛的人都是从黑暗里爬出来的。

Amy 在演讲台上分享她的个人创业经历，主要是讲她如何从一名普通的广告从业人员，到现在成为活动策划公司的 CEO。她的公司目前在上海很火，承办各大活动，市里的高层领导也曾去参观过。因为她的公司现在算是行业翘楚，Amy 还上过电视节目采访。

演讲快结束时，我听到旁边一对男女在议论，男人小声地说：“这种公司很好办的，要搞活动就是雇几个人，搭几张桌子的事。在风口上，猪都能飞起来。”

听到这话，我心里真觉得堵了块石头，很多时候，不了解事情的人们，用简单粗暴的几句评论就能把人的努力瞬间贬得一文不值。作为 Amy 的前同事，我知道她是怎样的拼命才让公司走到今天这个地步。

公司初期的业务，是从举办小型线下活动开始的。读书会、社交舞会、瑜伽课、花艺、茶道……各种各样的活动都接。不管是什么事，Amy 都要亲力亲为，合作商都靠自己拉。前期、中期、后期，每一个环节都要把关，每一个细节都要做好。

有一次我凌晨回公司，发现 Amy 还在改策划案，旁边放着一袋袋速溶咖啡。更夸张的是，她喝咖啡连冲泡的时间都没有，直接干吃。再后来，她直接从网上买了个睡袋，天天睡公司。

活动中的饮品都要向供应商一一确认，为了完善服务细节，每次活动她都做服务员，端茶送水，毫不含糊。现场投影仪坏了就自己看说明书修，灯泡坏了自己就在外面跑几个小时找合适的灯芯。

她的身体很快就垮了，得了很严重的胃病，眼睛也出了点问题。我觉得她完全没必要这么拼，她告诉我创业公司不拼就是等死，不然怎么会只有 1% 的创业公司活下来，成功是要用辛苦、用身体健康，甚至是用命去换的。

我没有什么话能反驳她，她太知道自己想要什么了。

这一秒，她站在演讲台上讲得头头是道，眼前的一切景象显得那样完美，可没人想到她在演讲的一个小时前，刚从医院做完胃镜。

在旁议论的男女可能一辈子都不会知道这些故事，他们永远固执地认为别人的成功都是轻而易举，或是走了狗屎运。

他们永远不明白那些金光闪闪的人，都是从黑暗里爬出来的人。

很多人只是在你看不见的地方努力，只是你不知道罢了。

那些不足为外人道的辛苦往事，等你有朝一日有所成就后回头来看，才会云淡风轻地说出一句："也没什么大不了。"

2

唯有刺痛，才能惊醒一个人。

高考前三个月，年级组组长把一个去年考上北大中文系的学长请来，给学生开动员大会。一听到是考上北大的大神，周围人都拼了命地往演讲大厅挤。那个学长表情淡然，笑容亲切，十分自信，在演讲台上平静地叙述着整个高中的奋斗史，关于他如何从原本的年级二百名，考到年级第一名，进了北大的励志故事。我听了开头，便知道这可能是大部分人所喜闻乐见的励志故事。从落后年级水平，到反超，他大概也就花了半年的时间。

我是工作人员，能感受到台下的人群是极为亢奋的。

我是学生团队里面唯一一个男生，演讲结束后，年级组组长派我送学长去车站。

没想到的是，在路上与学长的闲聊中，他竟然跟我说了很多在演讲台上没有说的话。

他说他在演讲台上只说了三分之一的内容，这三分之一只是关于如何逆袭考上北大，还有另外三分之二没讲。他说离高考还有一百八十四天的时候，父亲忽然脑溢血去世，留下他和母亲两个人。母亲从头到脚一身病，失去了工作能力。他如果再高考失败的话，真不知道该怎么活了。

那个时候他脑子里就一个念头，一定要考上中国最好的大学。他整个半年都在痛苦中度过，甚至还有轻度抑郁的倾向。除了白天学校的常规学习时间，晚上他还要学到凌晨三点半。睡眠时间不够，他就第二天利用课间的休息时间补觉。

他在家里学习的时候，会在写字桌边上放一把水果刀。他每次觉得疲倦了，就用小刀子在右臂上划一个很浅的小口子，这样又能重新打起精神学习了。

唯有刺痛，才能惊醒一个人。

年级组组长请他来分享心得，但是明确地告诉他，因为是动员大会，所以要展现最阳光、最自信的一面。于是他不得不把那些阴暗的经历都收起来，只能展现最温暖的一面。

可极为讽刺的是，所有这些摆在台面上的自信与阳光都是虚假的，而那些躲在角落里，焦虑的、阴暗的、病态的努力，才是他真正成功的原因。

让我印象最深刻的，是学长说的这段话：

“你去看那些分享成功经验的人，他们分享的并不是他们成功的真正原因。就像冰山理论，你永远只能看到冰山的角，而看不到它大部分的真相。成功者不会把那些努力的过程一五一十地说出来，因为那些东西太阴暗、太痛苦了。我当时的辛苦程度，只有我自己能懂。”

3

吃苦这种事，如人饮水，冷暖自知。

考上研究生以后，很多学弟学妹加我微信，希望我能分享一点成功经验。那个时候，我才体会到当年学长跟我说的那段话是极为正确的。

作为过来人，能和他人分享的东西十分有限。

很多人对着我发笑脸的表情，说我厉害，说我很棒，但他们不清楚我曾经为了这场考试而付出的代价。那种共鸣与理解是单薄的，他们无法做到感同身受。

我印象最深的一件事，是大概在考试倒计时二十天时，我得了水痘。

得过这种病的人，应该都知道这病是很折磨人的，而且具有传染性。我辛辛苦苦准备了一年，结果要上场了，给我来了这么一出。

医生说："水痘的传染性极强，早点回家躺着去，睡一礼拜再出来。"

为了不连累大学室友，也为了不连累家人，我拿了些复习资料，在校外的小宾馆住了一周。水痘、胃炎、高烧像约好了似的，在短期内同时来袭。

我半夜睡觉，额头烧得厉害，肚子又不舒服，只能躺床上打滚缓解，从子夜一点滚床单滚到凌晨四点。紧接着是无尽的呕吐，我飞速跑进厕所，手扶着马桶边缘，脸正对着马桶，吐个没完。

我当时真觉得所有器官都要被吐出来了。吐到早上六点，我直接头枕着马桶睡着了，睡得很香。

可是在现实中，这种经历是不会说的，因为一说就显得矫情，也就只能写写文章，回忆一下这种辛苦往事。

在学弟学妹面前，我笑着告诉他们要加油。但笑完之后，我没法更深入地讲了。因为吃苦这种事，如人饮水，冷暖自知。

那些无尽的、漫长的痛苦都黯淡了，化作了黎明前的一缕青烟，在众人露出微笑前的最后一秒，消失殆尽。

4

所谓的高人一等，都是在苦日子里熬过来的。

正因为这些发光发亮的人在看不见的地方努力，所以旁人会说：

“你看，他不过是运气好罢了。”

“他只是家里条件好罢了。”

“他只是走了后门而已。”

“说白了，他只是那只风口上的猪，如此而已。”

他们不明白，所谓的金光闪闪，都是自己孤身一人熬过了漫漫长夜，用孤独和辛苦换来的。

而那些之所以仍旧在平庸中沉醉的人，只是因为他们不敢用艰苦去交换。

他们怕输，怕一条道走到黑，怕用尽气力之后发现自己什么都不是。

甚至有风来了，他们都只会后退而不会往前挪一步。

他们在努力之前，就已经扼杀了所有的可能性。

看到 Amy 在朋友圈里晒出了公司上电视节目采访的截图，我为她感到高兴。

因为我知道她配，这是她用多少个熬夜的凌晨换来的。

因为她懂得成功者的一个基本法则：物物交换。

你想要更好的东西？好，请用别的东西去换。

你想要成功？你想要金光闪闪的人生？

很好，用辛苦去换，用孤独寂寞去换，甚至用身体的资本去换。

5

那些开挂的人生，都绝非偶然。

《奇葩说》第三季的尾声，最后一场 1VS1 对决的辩题是“懒是否是人类之光”。

当姜思达和黄执中辩完后，郭德纲做了这样一个总结陈词：

“如果演员都用功的话，都会成为侯宝林。可是这一场相声七段，七个侯宝林，我们怎么安排谁第一，谁最后？老天爷就是这么设计的，有的就是开场的命，有的就是中间，有的就是攒底。勤奋的就勤奋吧，懒的就好好歇着吧，这是天道。”

站在金字塔顶尖的人的数量永远占 20%，平庸之人的数量永远占 80%。

不得不承认，变得发光发亮的人都太辛苦了。

但总有 20% 的人，愿意逆着人性来，愿意跟人性对着干，愿意用代价去交换，去换一个成功的花环。

也总有 80% 的人，他们顺应着人性，过着毫无意外的生活。这真的是一件很自然的事，也是大多数人的真实状态。

而随着时间的推移，这两种人的距离会越来越大。

起因可能只是因为，当年那个人做了一些平凡的事，从而就按部就班地生活。

而那个未来的塔尖之人，他开始变得隐忍，开始接受做一些苦难之事。

他开始明白，金光闪闪的人生，是要用阴冷的、疼痛的日子，甚至不那么体面的生活去换。

他开始明白，美好事物的诞生，是建立在某种牺牲之上的。

那些开挂的人生，都绝非偶然。

## 愿你所经历的磨难，都点到为止

—— 文 | 王宇昆

之前跟着公司的同事去横店出过一次差，到达横店的时候下了一场雨，我所入住的酒店位于繁华的万盛南路，烟雨朦胧中恰好碰上公司的剧组收工回来。我初入大横国，对这个由影视文化带动起来的神秘地域充满了好奇，同行的同事跟我说指不定在哪个烧烤摊上就会碰着一个大明星，然而出差的这接近一周时间里，最后给我留下深刻印象的倒不是遇见过哪个明星大腕，而是一个叫彪哥的人。

我跟彪哥一间房，第一天和同事们吃完夜宵回来已经接近十二点，我小心翼翼地进门，怕打扰到他，结果发现他并没睡觉，而是在看剧本。我和他打招呼，他侧过脸来笑着跟我握手，我一抬眼便看见了他转过来那张脸上的伤疤。

之前听同事姐姐大体介绍了彪哥，是剧组的导演助理，东北人。如果只是远远地看过去，你根本想不到他是一个90后。我和他初次见面，生疏之余有些尴尬，我看着他在一旁不断絮叨着台词，实在有些好奇地问他："你也是演员？"

他笑了一声，然后指了指自己脸上的那块伤疤："剧组临时需要一个土匪，导演说整个组里就属我有匪气，这不就赶鸭子上架了。不过话说回来，还多亏了这块疤和我这破锣嗓子，给我赚外快了。明天第一场就是我的戏，得赶快把台词再顺一遍。"

那块伤疤在他的言语里变得十分可爱，但我能察觉到他的眼睛里有一种努力克制的苦涩。我附和着，又随意寒暄了几句，这时他突然提出要我帮他对戏的要求。我能感受到他的那种紧张，像是第一次上战场的人似的，充满期待和不安，我是因为第一次见面不好意思拒绝，那晚我帮他对戏到凌晨才睡觉。

第二天彪哥收工回来神采飞扬，说是被导演夸奖演得不错，还通知负责剧本的我多给他加几场戏。我在酒店里一场戏接一场戏地抠，彪哥趴在一旁眯着眼瞅，好不容易才找到地方给他多加了一场戏。

我把修改好的剧本发去老板的邮箱，彪哥不知道什么时候已经买好了消夜和啤酒，在一旁开起瓶盖来了。他说要感谢昨天晚上我熬夜帮他对戏，特地买了吃的回来。我们坐在电视机前碰杯，电视里放着重播的娱乐新闻。我觉得无聊，刚想换台，彪哥却喊住了我。

正在播的是一条国内娱乐圈的八卦新闻，讲着一个新组合里的某个成员又爆出了桃色绯闻，我说了一声“无聊”便想要换台，彪哥却突然关了电视。我彻底崩溃了，拿过遥控器重新打开，完全不顾彪哥一个人又闷头喝了多少杯。可一会儿我还是试探地问了一句，问他怎么了，他不说话，只是举杯要和我碰，然后刚抬起的酒杯又收了回去，自己吞了下去。

那天晚上尽是无言，我不知道问什么，彪哥也不知道该答什么，“叮叮叮”的玻璃杯碰撞声把安静的空气全部填满了。

之后的一天，我和同事们在咖啡馆改剧本，彪哥突然打电话过来，要我帮他去房间里把身份证找出来拍给他，身份证在钱包里，他把钱包落在房间里了。我火急火燎地赶回去，从他的床和墙壁的缝隙里找到他的钱包，打开时，钱包里不小心滑出的一张照片让我十分惊愕。

那是一张彪哥年轻时的照片，拿到现在来看也算得上是花美男，染着金灿灿的头发，看起来有点新时代小鲜肉的味道。我又仔细确认了一下，那的确是彪哥，除了那个时候更瘦一点，脸部的轮廓更明显一点，眼神更加深邃一点。我自然就联想到了那天晚上他看娱乐新闻时的怪异表现，看着这张照片上的彪哥，再想想现在的他，我不禁疑惑这些年来他到底经历了什么。

疑惑解开是在后来的粗剪片花会上，彪哥的戏也剪了进去，我指着屏幕上那个冷峻的人，感慨了句“演得真不错”，坐在旁边的一个同事偷偷凑过来，有些嫌弃地说：“就这还不错？拍了那么多，最后能留下来的就只有这几秒钟，还自己求着导演给加戏，这辈子都不可能红的命，真不知道他哪里来的自信。”

就这几秒钟，在同事话音落下时，彪哥之前在我心目中的神秘形象开始坍塌。

我知道的好像确实太少了。片花会结束后，我似乎激起那位同事的八卦欲，那同事从午饭回来后一直跟我讲关于彪哥的故事。

彪哥十八岁那年离开东北，高中没念完，就去了泡菜国，成为一名练习生。那里有着数千家大大小小的娱乐公司，练习生更是数不胜数，彪哥作为汪洋中的一粒尘，经过三年的训练，准备回国参加一档选秀节目出道，可惜关键时刻，检查出声带长茧，让他最终失去了这个宝贵的机会。

那个时候他还只是二十出头，随后的声带手术却又一次带来噩耗，让他的声音变成了现在这样。或许是在异国他乡饱受了“我要出道”的梦想浸淫，彪哥没有选择家人安排好的工作，又一路转战北影厂，最后来到了横店。因为有一点武术和散打的基础，他一开始便是从武替干起，一干就干了好几年，脸上的疤就是之前拍戏受伤时留下来的。

他所遭遇的，在这个世界上能找到一万个相似的例子，甚至有的还会更凄惨，但当这天我看着他一身疲惫地收工回来，心里却无比难受。

他问我片花剪得怎么样，里面有没有他，我想要告诉他，在这部戏里你只出现了三秒钟，但又觉得自己太残忍，犹豫一番后笑着对他说："演得不错，好几处都看到了你。"他激动地拥抱我。我有些不知所措，这样的无措是出于欺骗和同情。

后来的几天，彪哥变成了一个小导游，他拍着胸脯说自己在横店待了好几年，就是幅活地图，给我指点了不少好玩之处。可老板压榨，我白天在基地跟组，晚上回酒店改剧本，本来想要去玩梦幻谷，结果一直拖到了最后一天。

那天彪哥正好调休，便带着我去了梦幻谷。我们俩在里面疯玩了一天，一点没有成年人该有的矜持，玩到要关门的最后一个小时，彪哥像个小孩子似的，硬拉着疲惫的我去坐摩天轮，我问为什么，他说他之前每次来都没有赶上，摩天轮就关掉了。

摩天轮一点点上升，我俯瞰着下面的世界，灯火通明，像个梦工厂一样美轮美奂。升到顶点的时候，彪哥让我用手机给他拍张照。他比着"V"，笑容灿烂，仿佛就是个十八九岁没有烦恼的少年。

落地的时候，他说让我把照片传给他，还特意嘱咐我让我帮他P掉脸上的伤疤。他耸耸肩，然后走在我的前面，我看不到他此时的表情，但我从他的背影看见了伤感。

但美好总会到头，摩天轮要停下，游乐场要关门，我也要回家。

离开横店的那天，我因为是早上七点的飞机，所以起得比较早，但是我起床时，彪哥已经收拾东西准备开工了。我跟他道别，他说了很多遍感谢，最后从钱包里掏出了一张照片，接着又掏出一支笔在照片反面签上了自己的名字："拿着，等到哪天哥红了，拿去卖钱！”

他大笑，我也大笑，点头附和，铿锵有力地祝愿着那一天肯定会到来。

再后来，我因为工作忙也鲜少和彪哥联系，不过听说他现在还在横店，已经开始能接一些镜头多一点、台词多一点、时间长一点的角色了。我手机里还一直留着那张他在摩天轮里的照片。在上帝眼里，或许我们每一个人的梦想和未来都渺小得廉价，可渺小的我们的人生呢，之所以永不停歇，难道不就是为了这一点点小小的初心吗？

我们的人生其实就是一座转动着的摩天轮，你不知道它什么时候会转动，也不知道它什么时候会突遇故障而停止。但你要知道，那些突遇的故障总有一天会被修复，受过的磨难也终会成为你成功路上的宝石，当摩天轮重新开始转动，我们也便又开始有了新的期待。

明天总会来临，摩天轮会重新开启，梦工厂也永远灯火通明。

# 难走的，通常是上坡路

——文 | 海欧亭亭

1

大学的时候我进报社实习了将近两年的时间，那两年里我主要跑经济新闻，写了大量经济类的新闻稿件。由于我那时还是在校大学生，一边读书一边实习，所以，负责带我的记者老师对我也比较“放任”。

少了条条框框的限制，我的采访大多比较自由，除了一些大型活动需要跟着记者老师同去，其余的采访，我喜欢自己寻找素材和采访对象。

那个时候最喜欢采访的是各路创业者，开餐饮的、办补习班的、开服装店的，总之，只要是自己白手起家创业的，我都非常感兴趣。

我不好奇他们有多少财富、有多少挣钱之道，我只是非常想知道他们是如何熬过那段艰苦日子的。尽管我没有过经商的经历，但我能猜到，无论最后成功与否，其中必然有段难熬的岁月。

第一个接受我采访的，是我们学校对面一家计算机培训机构的创始人，李老师。

和大多数创业者一样，他也是以自己的专业起家的。大学主修计算机专业的他，毕业后从湖北来到广州打拼。在广州工作期间，他敏锐地感觉到电脑应该会很有发展前景，就有了开办电脑学习班的念头。之后他回家乡创业，彼时正是千禧年，碰上了计算机等电子产品飞速发展的年代。

那一年李老师二十六岁。

起初，李老师只是在家里开设简单的电脑培训业务，靠着十来台电脑，辅导熟人介绍来的几个学生。没多久他就不满足了，开始寻找更大的场地，准备建立一个较大的培训中心。

那段时间就是他最艰苦的时刻。

首先是资金。由于是白手起家，没有殷实的家底，李老师果断地选择贷款，这在当时是一个非常冒风险的事情，要知道，一个失误，就有可能倾家荡产。

他笑称这是一场“从负到零”的创业。

筹备好之后，招到的第一批学生还不到三十人，他急得团团转，开始玩命地工作，忙起来连吃饭的时间都没有，还常常熬夜备课到次日凌晨三四点钟。

他告诉我，那是他创业生涯中最难熬的时光，觉得路真难走，且走得十分吃力，大汗淋漓。

由于异常焦虑，睡眠质量便不好，整夜失眠。很多次，他的家人看不下去，劝他放手，以他的条件，去学校里任教不是难事。

只有他自己明白，一旦选择踏上这条路，便无路可退，或者说，是自己不允许有后退的念头。

靠着这样的决心，他艰难前行，直到培训中心渐渐步入正轨。

直到现在，他才觉得原来那是一次从谷底向上爬行的日子，因为是上坡路，所以走得才艰难。如今他的培训机构已经是全城规模最大、载誉最多的计算机培训中心，一整栋楼都是他的。

若非心中有光，他绝不会攀登到这一步。也正是心有念想，一点点坚持下来，慢慢地攀爬着，才成就了现在的登顶。

2

还有一个采访对象，是一个开汉堡店的大学生，姑且叫他小陈吧。

毕业后的小陈，家里给他安排了一份稳定的工作，收入可观，清闲自在。小陈去上了一个月的班，就决定辞职。

他告诉我，不想就这么一眼就望到自己几十年后的生活，就这样过完自己的一生。

于是不甘平凡的他开始折腾，要创业，要拼搏，要与别人不一样，他笑称自己的创业完全是被折腾出来的。

创业前，他考察过当地市场，觉得“洋快餐”在当地比较流行，但普遍消费较高，于是他决定自创一家洋快餐小店，做大众喜爱又都消费得起的食品。

揣着几千块钱，他只身跑去武汉学习制作汉堡的成套技术。由于经验不足，误入一家假冒技术培训公司，缴了学费，学到的却是假技术，加之不包吃住，带去的钱很快就所剩无几了。

请求家里支援是不可能的，因为辞掉工作的事情已经惹怒了父母，他不可能再问家里要一分钱，也想以此证明自己可以自食其力。实在没办法了，小陈找大学同学借来几百块钱，这才不至于流落街头。

他笑称那时的他简直就是颠沛流离，有时候站在江边，觉得唯有那安稳的桥洞才是最好的栖身地。

后来学到了技术，汉堡店开张了，但由于自己的技术不过关，小陈做出来的汉堡口味不正宗，得不到认同，有时店里一天只有几个顾客。

他陷入了从未有过的恐慌。

“从来没有觉得生活这么难过，我每天都在担心自己第二天会不会饿死。”这是他对我说的话。那个时候，他过着每天为生计发愁的日子，即使这样他也没有放弃，因为还是有顾客喜欢吃他做的汉堡，只要一天还有一个顾客，他就一天不关门。

靠着打不死的决心和慢慢积累起来的客户群体，小陈的汉堡店终于开始盈利，经过几年的经营，现在已经开到第五家分店了。

“年轻人就是要拿出那股子风风火火的劲儿来，敢做敢闯！”这就是小陈的决心与干劲，甭管多难的日子，都不放弃。

3

毕业后我来到深圳，步入职场，更是深深体会到艰难的含义。我身边所熟识的人，不论同事、同学还是朋友，凡是站在高处拥有高职位高薪水的，必定是经历了负重前行的日子。

我的一位校友如今是一家上市公司的老总，而十年前的他曾经负责的房地产项目，由于逆市推出，遭遇了市场坚冰，团队战友一个接一个离开，唯有他还在坚持。要知道项目上市前的市场定位报告都是他写的，他深知这是一个极具价值的项目，未来一定会博得头彩。

整整两年时间，他都没有离开，其实他但凡跳槽去到任何一家公司，都会操盘在售项目。“在售”意味着什么？意味着大把大把的佣金涌入口袋。但他依然选择守着自己的项目，只待市场峰回路转。

那段时间，没有提成，靠着微薄的底薪，他步履维艰。要知道那段时间各种言论向他袭来，有父母的不理解、朋友的嘲讽、同事的倒戈，但他依旧坚持着自我，而要顶住这些来自四面八方的压力谈何容易啊。

首先是舆论，多家媒体报道他们的项目遭受大量客户的退筹，房子卖不出去，各种猜测也迎面而来。有人说是质量不过关，有人说是资金未回笼，他都一一回应着这些质疑。

他一边应付着媒体，一边撰写着大量的文章来阐述自己的项目。没错，亲自写。他说：“没有人比我更懂这个项目，因为它是我的心血，如同我的孩子一样。”

接着是公司高层的压力，以及下属的不满和怀疑，他都一一顶住。

两年后，市场果然开始解冻，他们的项目因户型紧凑、设计新颖，受到年轻人的关注。与此同时，项目紧邻的地铁四号线开通，他们又是地铁口物业，地铁给项目带来的溢价迅速猛增。

项目第二次开盘，当天售罄，他们的团队一炮而红，他的身家也开始大涨。

大量的媒体报道让人们记住了他作为项目经理的风光与干练，而这两年的辛酸与苦楚，只有他自己才体会得到。

4

可不是吗，越艰难，才是迎风向前；越难走，才是一直在上坡。倘若我们一直行走得十分轻松，那一定是在做平行运动，没有坡度，也就不会上升。而如果走得毫不费力，甚至是不需要付出力气，那一定是被惯性推着下滑了，挂科、降职、失败，将接踵而至。

人生是段漫长的征途，有人选择毫不费力甚至倒退的生活，然后越来越穷困，越来越潦倒；有人选择轻松行走，遇到上坡路段，则绕道而行，这样的人永远站不到更高的位置；有人却选择艰难爬坡，双手被遍布的荆棘刺伤，却仍旧咬牙往上爬，最终站上了高处，望到其他人所望不到的风景。

这个世界是公平的，也是不急功近利的，没有事情可以徒劳而获。你若想获得某样想要的东西，必须走过一段勤奋努力的岁月。而等到你终于走完这段岁月，得到了这样东西，一回头，你会发现，原来难走的，都是上坡路。

# 第五部分

斯人若彩虹，遇上方知有

# 很感谢你能来，不遗憾你离开

——— 文 | 初小轨

2013 年的时候，我在自己的 QQ 空间写过一首诗——《我终于失去了你》。我的一位文友给我留言：有些人只会和你同行一段路，但每段路和你同行的人都是当下最合适的。

这几年来来往往的人很多，却是应了她的话，和你同行的一定是合适的，不合适的人半路就下车了。所以，这一路感谢你能来，也不遗憾你离开。

1

昨天一个读者说，她刚从一个同学口中得知，她关系最好的姐妹今天生了一对双胞胎，但是她连自己的姐妹什么时候结的婚都不知道。

大学的时候她们俩好得一个来了“大姨妈”，另一个二话不说就跳下床去给对方洗内裤，现在却像两个擦肩而过后老死不相往来的陌生人。

为什么毕业分开后，我们会走着走着就散了？

之前我在报社上班，有一个跟我关系特好的姑娘。

我们同一批进入报社，一起经历过残酷的六进二淘汰赛，晚上睡一个寝室，谁早起就偷偷帮对方作弊签到，用对方的腮红，吃对方的栗子，换衣服的时候一言不合就要比谁的胸更大。

一年后我决定辞职北上，拉着行李箱站在报社门口前跟同事们一一作别，她当着所有人的面抱着我，像个小朋友一样哭得“嗷嗷”叫，问我为什么这么狠心丢下她。

我当时心头一颤，难过得要死，觉得这辈子可能再也不会有这样真心待我、百般依赖我的闺密了。我像是哄媳妇一样一脸严肃地告诉她，我走了之后，会每天给她打一个电话，而且将来一定还会来看她，乖啊，别难过了。

第一个月，作为一个玩命工作的北漂狗，我每天晚上不管忙到多晚都要给她打一个电话，聊聊鸡毛蒜皮的八卦，就如同两个正在热恋中的异地情侣似的，她起初总是在电话里说着说着就想我想得哭起来，后来慢慢地就能笑着跟我说晚安了。

第二个月，我有一天加班到很晚，一挨床就像散了架一样，我告诉自己眯一小会儿就起来洗漱跟她说晚安，结果没脱衣服、没洗漱，一合眼我就睡过去了。第二天我一起床就赶紧打电话给她解释，她在电话里一愣，说："我去，你吓我一跳，以为多大个事呢。你至于吗？这么一大早就给我打电话。"那一刻，我有点微微发愣，觉得好像有什么东西在彼此之间慢慢消失。

六年之后，我们虽然有彼此的微信、QQ、微博ID、手机号码，但是现在我们连在社交平台的点赞之交都算不上，我们存着彼此的电话，但从来不敢打，因为已经不确定是否还打得通。

我们无仇无怨，甚至连别扭都没闹过，只是一个不问，一个不说，后来也就真的成了最熟悉的陌生人。

打败我们的不是背叛，而是自此天涯两隔，你的余生恕我未能继续参与的遗憾。

2

我在山东工作过一段时间，跟一个男设计师三观合，节奏对，纯洁的革命友谊羡煞旁人。但凡我扔给他一个文案，不用我废话，分分钟就给出我想要的设计。

有段时间我经常因为起晚了吃不上早饭，他每天都买两份早餐，往我桌上扔一份；我家里买了壁画，需要在墙上打洞，他带上锤子就冲到我家帮忙。

好事的同事吐槽着："就一对狗男女。"

我们就一起嗤之以鼻，说："滚蛋。"

我妈说："毕竟是异性，还是保持点距离吧，否则招人闲话。"

我说："别这么封建，就是好哥们儿，管别人怎么说。"

后来我分管华西大区，经常出差，在办公室里待着的时间屈指可数，跟他的工作交集越来越少，不知不觉就好像不怎么来往了，偶尔碰上，笑着打个招呼都觉得尴尬。

我妈住院那阵儿，突然问起我来："好久没见他了，你们不一起玩了？"

我才恍然发现，我们的关系，是什么时候起，早就已经从"我有个特好的哥们儿"，沦落到了"我以前有个同事"了？

《山河故人》里说："每个人只能陪你走一段路，迟早是要分开的。"

有时候想起这些走着走着就失散的朋友，心里难免感伤，那些记忆明明还历历在目，现在却不知道什么原因就淡若陌生人，不再联系。

有朝一日在大街上看到一个人，说话的腔调跟你真像啊，衣着打扮跟你真像啊，那一刻想要打电话告诉你，却发现，"欲买桂花同载酒，终不似，少年游。"

3

《后会无期》里有一段对话，周沫说："记得啊，要是以后你们还混得不好，可以来找我。"胡生说："混得好就不能来找？"周沫说："混得好，你们就不会来找我了。"

听着是不是好心酸？其实现实更心酸，不管混得好不好，好多人一旦离开，就注定跟我们再也不见。

我们来到这世上，无论选择平淡居家，还是选择勇闯天涯，有些人离我们远了，就会离另外一些人更近了，这未必不是一件好事。

你是我的好朋友，但你将来还会有其他的好朋友，以前你跟我比谁喝得多，将来你也会跟别人比谁尿得远。

有些朋友，不知不觉就疏远了，可能我们连原因都不知道。

就像我们年少时对某个人的情感，一念起心生欢喜，一念起又嗤之以鼻。

两个人在一起舒服就在一起，觉得不爽就痛痛快快谢过对方，温情款款长别离。

我们没办法为任何感情终生定调，你说拉钩上吊一百年不许变就不许变啊？

以前我还说非你不嫁，你不也说非我不娶吗，如今不也都搂着各自的新欢逍遥快活得夜夜上天啊？

记得张学友的《秋意浓》吗？

“只因人在风中，聚散不由你我。”

4

前段时间，大理地震，半夜两点时，床头一颤，一分钟后我就接到一条奇怪的信息，我一看，是一个从二〇〇九年猫扑时代就看我写东西的老读者，当年我刚出道，争强好胜，嘴皮子不饶人，写东西绝不留余地，且蛮横霸道，一言不合就开撕。

尽管如此，他跟一百来号死忠粉自发建了个群，要是看到谁说我的不是，就要玩命跟人撕，才不管我是不是有错。后来我弃文从商，再后来我重新拿起笔杆子全职写作，这期间他好几年都不曾冒个泡泡。

但在大理地震的第一时间，他第一个冒出来，很突然。

他问我："你没事吧？"

时间是一种很残酷的东西，它只会冲淡能够冲淡的，但也会洗尽铅华帮你留下该留下的。

所以，无论我们虎落平阳终陷落魄，还是一朝显赫半生荣华，朋友都越来越少，剩下的也越来越重要。

很小的时候就有人告诉我"人走茶凉"，也有内心强大的人说"道不同不相为谋，随他去吧"。每个出现在我们生活轨迹里的人，都有着自己的使命，有人教会你别把过去看得太重，有人告诉你无论你做了怎样的决定他都懂。

没必要对物是人非耿耿于怀，也没必要分开了就恶语相向、诽谤中伤。

一句"你变了"，伤人又伤己。路太长，人在换，我们就是要变，变好或变坏，都是一个人活着的常态。

这辈子相遇一场，只要各自安好，联系与否都不重要。

所以，这一路很感谢你能来，也不遗憾你离开。

# 我还是很喜欢你，但可能不会和你在一起

——— 文 | 麻绳先生

1

前段时间阿板忽然请了一星期的假，说想出去走走。

一听说这事，我当即跑去找他，我说："都快年末考核了，你这时候请假算怎么回事？超亏的你知不知道！"

他淡定一笑："说不定接下来我还会辞职。"

阿板是我大学时候的室友，地质学专业，辅修汉语言。

很奇怪吧，两个完全不搭边的专业。更奇怪的是，阿板这两个专业期末考核一直是 A。

每次我问阿板毕业后打算找什么工作，他都淡淡一笑，然后瞬间岔开话题，神秘得像个半仙，即使大学毕业后，也久久不闻阿板的动向。

为此我没少嘲讽阿板，我说：“老司机也有翻车的时候，毕业等于失业的话，放在你头上竟然也会灵验。”

嘲讽归嘲讽，作为好哥们儿，我一看见什么像样的工作就屁颠屁颠地发微信给他，跟他说：“哟，这个蛮不错的，看起来挺清闲的，工资也不错，你可以参考一下。”

每次阿板都说：“好的，我看看。”

然后就没后话了。

直到有一次我坐动车去上海，在候车的时候翻看旅游杂志，看到了阿板的名字，一直看到文末作者资料时，才确定这的确是阿板。

也是，明明是旅游杂志却写得那么戳人心窝，经常还有地质名词跑火车，让人萌生一种“世界那么大，我想去看看”的想法。

我问阿板，他说：“其实只是想做出点名气了，再跟你们说。”

人各有志吧，我就没再追问。

忽然听阿板嘴里说出辞职，我有点蒙。

我说：“阿板啊，你是打算回到专业的正轨上吗？”

他说：“再看吧！”

一个“再看”后，他坐火车去了西藏。

## 2

等阿板从西藏回来的时候，我感觉他整个人都变了样。按理说，接受了圣地的洗礼，不应该整个人清醒了许多吗？

至少我是这么认为的。

事实上，去西藏前，阿板还是个做事坚决果断、不按套路出牌的人。回来后，我很明显地感觉他做事优柔寡断了许多。

《倚天屠龙记》里，少年张无忌目睹父母惨死，坚决不哭给坏人看。面对固执的胡青牛，他以固执对固执，十分清醒。

当上教主后，明教四分五裂，武林各派仇杀不断，他却开始显得优柔寡断了。

那时的张无忌和此时的阿板一模一样。

可阿板生活里哪有这么大的变故呢？

张无忌是因为忽然多了许多责任和包袱，那阿板呢？

我好像忽然抓住了关键，问阿板：“你小子是不是在西藏闯什么祸了？”

他从厨房端了碗阳春面放我面前，说：“去你大爷的，狗嘴里吐不出象牙！”

我看着清汤寡水的阳春面，也不方便再猜疑，权当是他在低氧环境待久了，脑子供氧不足，过几天会好的。

我说：“去趟西藏看把你穷的。”然后含着泪吃完了面，因为太烫了！

## 3

阿板毕业后没有选择专业对口的职业，而是去了一家名气挺大的杂志社。

实习的时候工资只有两三千，还随时可能会被刷掉，但阿板却坚持了下来，真是个固执的人。

他说："如果我想做专业对口的工作，那我就不会一早把大四实习时候的工作推掉了。你知道吗，人可能参与工作后才知道自己会不会喜欢当时选择的专业。我蛮喜欢写字的，也蛮喜欢旅游，便决定当一名旅行杂志写手。但这样坚持一年，才发现这份工作和我想象的完全不一样，总是要写一些去都没去过的地方，然后把它夸成神仙住所似的，所以我琢磨着啊，去西藏看看吧！"

于是他说走就走。

从没有一个人出过门的他，心里多少是有些紧张的。

一上飞机他就开始翻看候机时买的旅游杂志，看看到时候得注意哪些。

但总归是匆匆起步，出门前他也没有吃一些防高原反应的药，又是坐飞机到达。所以在他到达拉萨贡嘎机场时，还没来得及好好回望青藏高原，只是打了个深深的哈欠，随后整个人一阵眩晕。

"完了，高原反应！"他当时满脑子只剩下恐惧了。

在机场人员的指引下，他好歹先找到座位坐下来。这时候他才清醒地认识到，在这里他举目无亲，甚至连方位都无法辨识。

等他好点了再坐车去城区，已经是晚上了。

西藏天黑得特别快，好像只是一眨眼的时间，夜幕就合拢了，仿佛自己在一瞬间忽然瞎了。直到车到了城区，他才感觉又明朗些许。

阿板掏出手机查看自己订的酒店，这才发现手机也没电了。

四下无人的夜，他慌了，徒步在附近逛着，在他看来，每个人都奇装异服，加上他不善言辞，不好意思上前去问。要是问了又听不懂我说什么就糟了，他这样想着。

晚风冷飕飕的，树叶被吹下来在地上打滚，白茫茫的路灯下，他有些茫然，只是不停地走着。直到走到一个街角，他猛然回头，发觉附近的人越发少了，脚步不自觉停了下来。

“你知道做贼是什么感觉吗？”

“我觉得应该和我在异乡迷路的感觉是一样的。”

实在没办法了，他决定下一个在这个路口出现的人，就是他要去问的人。

## 4

彼时西米正从朋友那儿回来，骑着摩托车路过街角，忽然看见一个黑影冲她走来，当即加速而去。

远远地她听到好像是外地口音，自己听得懂，但摩托声太响又没听清。思忖片刻后，她又原路返回。

那个留了点胡楂的白净男人说：“请问这附近哪里有酒店，我是个游客，迷路了。”听口音是北京人，看起来的确也没什么恶意。

西米说：“上车吧！”

男人轻轻地“哎”了一声，坐上了摩托，双手紧紧抓住摩托后座。西米回过头正打算问他抓好了没，见状扑哧一笑，又转回头说了声“走了”，摩托车发出一阵沙哑的嘶吼，疾驰而去。

西米问过阿板名字后，再说什么阿板都“嗯嗯”含糊地应着。西米想到自己初来乍到时候的模样，也便感同身受了，将心比心主动做起了自我介绍。

她说自己是青海人，两年前和朋友第一次来西藏玩便被西藏给吸引住了，朋友说此生最大的遗憾是没有出生在西藏，所以西米就提议说那干脆就定居在西藏好了。后来他们回去准备了一下，再次回西藏的时候就在拉萨开了家餐馆，生意还算不错。

到餐馆后西米让他坐会儿，过一会儿端了碗热腾腾的阳春面给他。

她说：“你初来乍到肯定不适应高原的生活，吃清淡一点会比较好。”

阿板饿了一天，“呼哧呼哧”地大口吃面，碍于有个姑娘在，突然又刻意放慢了吃面的速度。

西米坐在对面端详着阿板，说：“吃慢点，不够我再煮一些。”

阿板真吃出了眼泪，也不知太好吃还是太烫，总之最后连汤都喝完了。他说：“西米，谢谢你，这是我吃过的最好吃的阳春面。”

西米笑得很开心，说：“这么晚了，酒店估计都已经满客了，你如果不介意的话，就趴我这桌子上睡吧，总比沦落街头要好得多，这里暖气管够！”她还说自己和朋友刚创业的时候为了节省开支，好几个月来都是打烊后在桌上睡的。

平易近人的人总有能力让腼腆的人放下戒心，几句聊下来，阿板那种陌生感也消失了大半。

阿板说：“那我明天帮你照顾下店里生意，算作回报吧！”

西米笑笑：“求之不得。”

5

隔天清晨还蛮早的，天蒙蒙亮，阿板就醒了，看见西米在离自己最远的那张桌子上睡着。

他蹑手蹑脚地打开门，让房间里的空气流通一下。

这时西米也醒了，揉着眼睛：“起这么早啊？”

阿板挠挠头：“不好意思啊，看来打扰到你休息了。”

西米是个随性率真的人，拿来昨晚买来的新洗漱用品，递给阿板说：“洗洗准备干活了。”

阿板洗漱后，路上也开始有稀稀疏疏的行人。看阿板望着外头，西米说：“每天都有很多人不远千里慕名而来，你要是想出去玩就出去吧，让你干活是开玩笑的。”

阿板是个固执的人，他强词夺理：“我反而觉得西藏的风土人情不在山水，可能留在餐馆也算不错。”

西米又端来两碗阳春面，说：“算你懂事，但我不卖早餐。你玩音乐吗？”

阿板读大学的时候学过吉他，有一点基础，便说会一点。

西米从小仓库里搬出吉他和架子鼓，说自己会架子鼓，要不要合唱一会儿。

倘若你曾在天光乍泄的清晨路过藏地，看到两个年轻人又弹又唱，十分欢脱，男生在弹吉他，女生在玩架子鼓，可否稍作停留，看他们的合作是否合拍？

阿板弹吉他没有指压板就各种走调，每次出错，西米的鼓声就立刻大起来压住吉他声，等阿板再走回调上，鼓声也随之下降，仿佛只是为了衬托吉他声似的。

很快围过来不少人，各自有序地站着，有藏民也有游客。

唱罢回到屋子，西米对阿板挤了挤眼睛，一脸满足，说：“开餐厅两年来，每个早晨我都会在门口唱唱歌、玩玩乐器，每天都会有不少人来。刚开业那会儿我朋友和我一起唱，他弹吉他我用架子鼓，那段时间人最多了。后来朋友走了，留我一个人，我还在唱，但人少了许多。今天加入了一个你，我倒是有点怀念那时候了。”

阿板说：“感觉这些人都很有趣，在我家那边，每个人都急着赶路，大清早弹吉他唱歌的话，压根没人听，他们只关心上班会不会迟到，周末的话一准骂我们吵他清梦。”说着他还笑了起来。

“如果你觉得两个人一起合唱更有趣的话，我待在这儿的几天，每个早晨都可以陪你开开嗓。”阿板补充道。

“求之不得，”西米捂着脸笑，“作为交换，你可以每天来我这儿混一碗阳春面，晚上不住宾馆的话，这些桌子随时为你准备。”

阿板也学她：“求之不得。”

6

快到中午的时候餐馆就忙起来了，店里来了个看模样像是二十岁出头的女孩，皮肤白皙，有一点高原红，做事的时候喜欢低着头。她一副很腼腆的样子，实际上是个机灵鬼。

西米对阿板说：“她是个还在读书的大学生，假期来兼职。”

女孩对着西米眨眨眼，怪笑着说道：“西米姐，这是新服务员吗？好像我们店也没这么忙啊！”

大大咧咧的西米红了脸，让她安分点，别乱说话。

阿板看在眼里，也不知道能帮上什么，自顾自地傻笑。

厨师是个胖乎乎的胡子大叔，踩点到，一到就进厨房了，也不说话。

中午客人陆陆续续地来，西米收账，阿板和小女孩端盘子。小女孩勤快得很，又清楚流程，到最后阿板就是傻站着，几乎没事干，看起来像这家店的老板。

有个藏族常客对阿板说：“扎西德勒。”

阿板不知道什么意思，问西米。西米说：“就是欢迎你啊！”

小女孩不知从哪儿冒出来，说：“也有祝福的意思，指不定把你当老板了。老板娘店里多了个老板，多有意思。”

阿板有些尴尬地笑笑，用汉语回了句谢谢。

到下午两三点的时候，西米说："阿板，你去玩吧，你本来就是来旅游的，一直让你在店里帮忙，我很过意不去的。"

阿板也点点头，说："好，那我迟点回来。"

西米点点头。

像心照不宣的暗语。

7

短短五天，阿板去了布达拉宫，看过酥油灯，走过罗布林卡，在大昭寺朝圣，在纳木错凝望神的一滴泪……

美景如斯。

但每晚十一点前他都会赶回餐馆，绝对不是为了省旅馆费，往往一趟返程车的钱就够他在小旅馆床上睡上一晚。

他说："在这里有不染俗尘的风景，还有不染俗尘的人。风景要看，但不能忘了人。"

他每天都会和西米聊天，再在桌上睡上一晚，好像这才有了人情味。

不过阿板也有懊恼的时候。有一次他无意问了一下西米以前是否也带陌生男子回来，西米的脸色就会很难看，她的语气很重，掺了火气在里头："你把我当成什么人了？"

阿板就好说歹说地解释，说自己不是有意的。

西米是开餐馆的，每天应付那么多脸色，情绪处理得也挺快，她说："不好意思，我的脾气就是这样。"

阿板喃喃："这样的脾气很好啊，我很喜欢。"

声音小小的，不知是不是睡着了带出来的梦呓。

早上阿板总是醒得比西米早，起床后和初来时一样，轻手轻脚地打开门，让早上温和的阳光晒进来，落在西米酣睡的睫毛上和浅浅的酒窝里。

西米一般不会睡懒觉，最迟在阿板醒来后的十分钟就醒来了，然后喜滋滋地叫阿板一起去搬乐器。

每次都有早行者停下脚步，像是形成了一种文化。

有一次西米让阿板弹《斑马斑马》，阿板问她怎么忽然想听这歌，西米随性地敲了几下鼓，像装帅似的，说："因为我是个有故事的人啊！"

阿板弹的时候，西米默契地敲着架子鼓，敲着敲着，当着行人的面泪如雨下。

西米说："想一个朋友了。"

吃完第五碗阳春面的时候，阿板要走了。

阿板给她再弹了一次《斑马斑马》，他说："不要太想我。"

西米站在门口，没有掉眼泪。

阿板还没走远，兼职的小女孩经过，认真地把西米往外推，她说：“去送送阿板吧，西米姐！”

西米说：“哪有这么矫情，你们这些学生就是言情剧看多了！”

女孩说：“那阿板说过他什么时候回来看我们吗？”

西米一听，身子颤了一下，急匆匆推出摩托，疾驰而去。

8

西米说：“阿板，我送你去车站。”

阿板笑笑，坐上车说：“我就知道你会来送我。”

然后两人对视一笑，像是彼此都放下了一个包袱。

西米说：“我一直说我是和朋友一起来西藏的，其实不是。我第一次来西藏是一个人来的，在这里遇到了我的前男友，我们看起来超默契的，那时候他用吉他我用架子鼓，在每个清晨一起演奏，都有很多游客停下来看。我很喜欢那种感觉，好像从此有所依靠，与世无争。但后来我们分手了，他也是个北京人，他父母要求他留在北京工作，找个北京人一起生活。可能他也开始觉得我们两个人看不到未来，又或者是家里人逼迫吧，所以就分开了。”西米的声音像降了调，失去了色彩。

“你用的吉他就是他的，那时候他最喜欢的歌就是《斑马斑马》，我留在西藏开了餐厅保持了唱歌的习惯，好像都还在回忆里走不出来。”她说着，眼泪就掉了下来，“抱歉，我一直都骗你说我是和一个朋友一起来的西藏。”

阿板说："好了，现在我知道了。相信我，你是好姑娘，总会有人为你打开一扇门的。"他很自然地伸出手帮西米擦去眼泪，"好好的。"

登机前，阿板说："再见，西米。"始终没说自己是否还会再来。

西米安静地帮阿板理了理领口，说："欢迎再来，下一次我一定给你当导游。"

飞机起飞的时候，发动机"呼呼呼"地响起来。所有人都没在闲聊，又或是声音被发动机声盖过。

阿板看着窗外的晴空一片，自己也不清楚自己脑子里在想什么，忽然眼泪就掉了下来。

曾经万籁俱寂的晚上，他来到了这里，手机没电，又羞于请路人指路，这时响起摩托车声，他鼓起勇气喊了一句："我能问下路吗？"

然后西米载他回家，给他一碗热乎乎的阳春面。她说："初来乍到肯定不适应高原的生活，吃清淡一点会比较好。吃慢点，不够我再煮一些。"

他想到这里又不禁忍俊不禁。

也不知道西米到家了没。

## 9

阿板二十六岁了，到了该结婚的年龄了。像每个关心孩子的父母一样，他父母闲来无事便安排他去相亲，一周几次，他虽然固执，却也孝顺，都去了。

只是每次相亲后，我问他怎么样，他都说不怎么样，人挺好，但不是他的菜。

我说："那怎么办？"

阿板不以为然："随缘呗！"

后来我听说我们的小学妹在追阿板，我跟阿板说："女追男隔层纱啊，估摸着你以后得被管着了，趁现在多请客啊！"

阿板笑笑，蛮开心的，说："是啊，性格蛮好的，蛮合适的。"

两个月后两个人订了婚，有了白首之约。

那天我拉上阿板去撸串，我打趣他："你这个人，读书的时候就一副固执样，又不喜欢和女孩子搭讪，总是担心你毕业后变成黄金单身汉，这下好了，被学妹攻略了。"

阿板醉了，说了句藏语："扎西德勒。"

## 10

再过一个月就是阿板和小学妹大喜的日子了，阿板却忽然跟我说他有东西落在西藏了，要回去拿一下。

算起来，离他那次说走就走的西藏之旅已有两年了。

阿板坐上了从北京飞往拉萨的飞机，这次有提前准备，没有高原反应，下了飞机后便打车直奔西米的餐厅。

彼时已是黄昏，西米正搬了板凳坐在店门口看西藏的天，若有所思。

阿板叫她的时候，她一点反应都没有，于是他又推了推她的肩膀，说："西米，我来了。"

西米高兴地从凳子上跳起来，头撞到了墙。

阿板说："有没有兴趣来一场黄昏的小乐队演奏？"

西米笑嘻嘻地捂着嘴，跑到厨房的小仓库搬乐器，冲门口喊："阿板，过来搭把手！"

阿板好像回去后有练吉他，没有指压板也弹得很自如。

西藏黄昏时的日光照在西米的脸上，光线像是陷进了她的酒窝里。

晚风开始吹了，树叶沙沙作响，好像极力地想给演奏加点料。

是什么料呢？涩涩的、沙哑的，像是思念的味道。

临近晚上，西藏的天黑得很快，每个人都形色匆匆，鲜有人驻足聆听，这样的情形，有点像赶早高峰的北京。

"我要结婚了。"阿板说。

"我已经很满足了。"西米说。

阿板凝望着落满暮色的吉他："我也是。"眼角有些湿润。

斑马斑马，你回到了你的家，

可我浪费着我寒冷的年华。

你的城市没有一扇门为我打开啊，

我终究还要回到路上。

两个人唱歌的时候神色都很平和，像是没什么情绪波动。阿板看了眼西米，她做得也很好，每个鼓点都在节拍上。

“真怀念以前的岁月，”外面的夜色已经合拢，阿板说，“我该走了。”

“不多待一会儿吗？至少得吃碗阳春面吧。”西米看了看漆黑的夜空，“今晚连星星都没有呢。”

“那有劳了。”阿板自知拗不过西米。

西米还是那个西米，她把面端上来的时候，阿板忽然感觉呼吸都难以平复，他接过面“呼哧呼哧”地吃起来。

西米坐在对面，笑着端详阿板，说道：“吃慢点，不够我再给你煮。”

阿板吃出了眼泪，也不知太好吃还是太烫，总之最后连汤都喝完了。他说：“西米，谢谢你，这是我吃过的最好吃的阳春面。”

西米看了眼阿板手上的订婚戒指，抿着嘴笑：“祝你早生贵子！”

阿板看着碗说：“借你吉言。”便起身要离开了。

西米端着空碗去了厨房，把水龙头开得很大，冲洗了很久。

“再见。”阿板在厨房外大声地说着。

等阿板走远了，西米才走出门：“常回来看看。”

斑马斑马，你会记得我吗？

我只是个匆忙的旅人啊。
斑马斑马，你睡吧睡吧，
我要卖掉我的房子，
浪迹天涯。

## 走过弯路，遇过烂人，我活得越来越漂亮

——文 | 牛魔王

人生究竟有没有弯路，是否所有走过的路都是必经之路？

人到中年，我回想起年轻时走过的那段弯路，仍会后悔不已。可是，也正是曾经走过的那段弯路，让我学会了爱，学会了成长，让我活得越来越漂亮。

人永远都是在得到中肆意妄为，在失去中学会珍惜。

1

二十年前，我和大海在大一班级新生聚会时一见钟情。

十八岁的我青春娇艳、明媚可人，艳丽得像一朵带着露珠的玫瑰。二十岁的他高大硬朗、阳光帅气，耀眼得像一株丰神俊逸的

橡树。

既见君子，云胡不喜？外貌协会的我，迅速地和大海坠入了爱河。

大海像照顾小妹妹那样宠着我，呵护着我。去食堂吃饭，他知道我的口味，会帮我打喜欢吃的菜；每次吃完饭，我在旁边甩手站着，他负责洗碗；我因为睡懒觉没去上课，他会帮我瞒着老师，顺带抄好笔记；出去玩，他提着所有的东西，还要牵着我的手，好像害怕一不小心就把我弄丢了。

除了父母，大海是对我最好的人，独生女的我像个贪婪的小孩子，心安理得地享受大海对我所有的好。平时和同学们相处时，大家都说我温柔体贴、善良大方，只是到了大海这里，我就变成了一个骄纵任性的小女孩。

女人只有在心爱的人面前，才会卸下所有的伪装，显露出不为人知的那一面，就像杨绛先生的作品《洗澡》中的女主角姚宓，在别人面前都是沉静朴素、老成持重的大人样儿，只有许彦成看到了她大人的外衣下娇嫩纯真的小女孩样儿。

我被大海宠成了野蛮女友，他还说他就喜欢我蛮不讲理的样子。

也许被偏爱的都有恃无恐，我正是仗着大海深沉而无限制的宠爱，才会在他那里骄傲蛮横地做自己。也许是那时的我太年轻，还不懂什么才是真正的爱，只知道享受被爱。

人总是要在犯过错、走过弯路之后，才会明白自己的幼稚和愚蠢，才能学会成长。

出生于大城市高知家庭的我，家境不错，再加上容貌姣好，总是心高气傲，对来自偏远山区的大海的很多生活习惯都看不顺眼，更无法对他的苦闷和自卑感同身受。

漂亮开朗的我人缘很好，明恋暗恋我的男生也不少，甚至有爱嫉妒的女生给我起了个“小妖精”的外号，我听了只是无所谓地笑笑，别人爱怎么说怎么说，只要我知道自己是什么样就行了。可是我忽略了大海的感受，出身农村、家境贫寒的他总是觉得自己配不上我，很不自信，总是对我唯唯诺诺，而我每次都把这种唯唯诺诺当成是他对我的宠爱，而不是他的自卑。

有一次我们俩在公园草坪上打闹，他翻出我书包里的两张卡片，我想逗逗他，故意夺过来不让他看，没想到他当时就翻脸了，要跟我分手，我简直傻了：“你都吻过我了，却要跟我分手，你怎么这么不负责任呢？”90 年代的大学生把初吻看得比 90 后这些孩子们的父母看待初夜都重要。

“你到底有多少见不得人的事瞒着我？我还不知道我是吻你的第一个还是第一百个呢！”大海神情冷漠，语气恶劣。

听了这句话，我快气疯了，什么话都没说掉头就走。别人误解我无所谓，可是他怎么可以？

最终，我还是在收到他的道歉信后原谅了他，我们俩重归于好。可是我们之间好像有了一道看不到的沟壑，让我们的距离越来越远。

当我们花两块钱看一天的录像，大海还嫌贵时；当别的女生在各种节日都能收到男朋友送的鲜花巧克力，我却只能收到大海的一句“节日快乐”时；当辛苦打工供养大海读大学的三姐因为劳累得了白血病没钱医治，我不仅不能体贴心中苦痛和郁闷的他，反而还嫌他没见过世面，嫌他小家子气，嫌他不专心陪我……

那时的我是一个多么不知天高地厚、不懂人间疾苦的“仙女”啊，总觉得所有的一切都是理所应当，所有人都应该对我俯首称臣。

而陈若诚就是这个时候进入了我的生活。

2

现在想起来，我才明白当时我为什么会和陈若诚走到一起，其实，无非他满足了我的一部分虚荣心。

而当时的我幼稚愚蠢，不仅看不懂别人，更看不懂自己。

跟大海比起来，陈若诚简直一无是处。

陈若诚身高只有一米七，长相猥琐，学习成绩、人品性格更是没有一点值得说的。

可就是这样一个哪儿哪儿都不如大海的人，竟然把我从大海手里抢走了。

因为他会跟我说大海从不说的信手拈来的肉麻情话，因为他会时不时地送我一枝玫瑰给我制造一点情调，因为他会跟我吹嘘班里三个女生追求他，他都一一拒绝，而幼稚、愚蠢又虚荣透顶的我，还觉得自己是个最有魅力的人生大赢家！

那个晚上，我刚背着大海和陈若诚看完电影回来，就在操场上被他撞见了。

没有月亮的黑漆漆的夜晚，我看不清楚大海脸上的表情，自私任性的我甚至都不关心他会不会难受，会不会痛苦，我只在想，可别出事啊！

他们俩一起将我送回了宿舍，一路上大海没有说一句话，甚至都没看我一眼。

第二天晚上，我在图书馆上自习，被大海叫了出来，他很平静地对我说："小蓝，我知道你现在心思不在我身上。你还小，根本不知道谁才是真正爱你的人。你就像电影《飘》里的那个郝思嘉，连自己真正爱的人是谁都不知道。我不怪你，既然你觉得他好，你就去找他吧。但是如果有一天你觉得需要我，随时可以回到我的身边，我永远等着你。"

大海说完便转身走了，他的背影那么决绝，我竟然不由自主地流下泪来，有一种从未有过的心痛，这种感觉一点点地蔓延到我的全身。

可是年少无知的我却不知道，原来这就是失恋的感觉。

父母和大海将他们的掌上明珠保护得太好，在他们那里，我一直都是一个无忧无虑的玻璃人。

大海好像听到我心碎的声音，停住了脚步，转过身："小蓝，我爱你，我只爱过你一个人，将来也永远只会有你一个人。"

这是大海第一次对我说爱我，却是在这样的时候。我无言以对，僵立半晌后，只知道我从此失去了一个爱我的人，却没发现自己真正爱的是将要失去的这个人。

后来我才知道，那天晚上，大海和陈若诚在操场上谈了一夜，然后才来找的我，在我们分开后，在学校附近的天桥上徘徊了一夜，差一点跳下去，葬身于汹涌的车流。

大海，我欠你太多了。

3

我和高我们一级的陈若诚正式在一起了，在众目睽睽之下，顶着流言蜚语的压力。自私任性的我却没有去想，大海在那些日子里是怎样在流言中行走的。

可是，当我自以为勇敢地追寻到真爱时，才发现我和陈若诚根本不是一路人。我单纯善良，他虚伪世故；我随和开朗，他自私阴暗。

我们越来越频繁地争吵龃龉，他再也不是狂热追求我时殷勤体贴的模样了。

当我因缠绵多日的重感冒咳嗽得喘不上来气，而陈若诚不仅不关心我，还嫌我吵到他，影响他打游戏的时候，我才真正明白那个将我宠成小女孩儿的人，才是真的爱我。

而当我看着因为晕车吐得一塌糊涂的陈若诚，我却嫌他麻烦，只是象征性出于道义地拍拍他的后背时，我才突然醒悟过来，原来我真正爱的人，竟然是那个我嫌他不解风情的榆木疙瘩。

人总是要到失去以后才明白，曾经拥有的是多么宝贵的财富。在爱情里被爱的那个人，往往都是等到真正失去时才会明白，自己的心早已被偷走了。

可是，那个人已经不属于我了。哪怕他近在眼前，可横在我们俩中间的又岂止是万水千山？

我把最爱我的人弄丢了，我已经没脸再回去找他。

不过还好，当我终于明白过来后，我知道对陈若诚，我该放手了。

随着毕业季的来临，高我一级的陈若诚离开了校园，我人生中不堪回首的第二段恋情也画上了句号。

该结束的终于结束了，我如释重负。

实习结束，我早早签了杭州一家银行。听同学说大海找工作不顺利时，我心急如焚，虽然早已分手，可他在我心里的分量却仍然很重。也许是因为我负了他，我衷心地希望他过得好，就像钟镇涛歌里唱的："只要你过得比我好，什么事都难不倒，一直到老……"

我拿着一千块钱找到大海："听说你找工作不顺利，这钱你拿着做活动经费吧。"我声如蚊蚋，低着头不敢看他的脸，又怕自尊心很强的他不肯要我的钱。

听了我的话，大海笑了："哪儿啊，我已经签了我们老家地级市的中级法院，就是我实习的单位，院长看我名牌大学毕业，好学肯干，工作能力也强，早把我定下来了。还说要把千金介绍给我呢！你知道我们贵州山区没几个大学生，我实习这大半年，也认识了些政府领导，好多人想给我介绍对象呢。”

大海的语气里没有一丝卖弄和炫耀，他还是那样沉稳踏实，不过经历了社会的历练，以前的敏感自卑脱落得无影无踪，更加成熟自信。

“是吗？那就好，那我就放心了。”我长舒一口气，抬起头打量他。

“哈哈哈，你看上的男人，不会差的！”大海冲我眨了眨眼，我所有的尴尬都飞到了九霄云外，我知道他已经原谅了我。

我们俩在校园里漫步，一切好似从前，却又跟从前大不一样。经历过伤害和背叛，我们更像是一对冰释前嫌的好朋友，心心相印却云淡风轻。

4

我以为我和大海再也不会回到从前了，谁想到，兜了一大圈，命运女神垂怜我，又将他送到我的身边。

那天我和几个同学一起去看电影，开场前五分钟，我去上卫生间，刚从卫生间出来，就被大海叫住了。

原来大海和我们订购的是同一场电影。看完电影，我们俩从电影院走回学校，他说：“我知道你的习惯，看电影，开场前五分钟，肯定要上卫生间，所以就在这里等你。”

冬天的西安，冷得伸不出手，我透过夜色下他呼出来的白气打量着他俊朗的脸庞，眼泪唰地就下来了。

“我改签了杭州市公安局，可以吗？”清冷的月光下，大海的眼睛那么清澈那么亮，照亮了我已经死掉的心。

这就是爱吧？只有他才会知道你的每一个小习惯，你的一点一滴在他那里都无所遁形。因为只有那个深深爱过你的他，才会将你放在心尖上。

这就是爱吧？任凭万水千山走过，任凭伤过、哭过、恨过，可是还是忘不掉、舍不得、放不下。亲爱的，谢谢你，给了我一次改正错误的机会。

“可是，同学们都知道我当年抛弃你另结新欢，现在我们俩又和好，别人肯定会说我……”我脸上挂着泪花，心里惴惴不安。

“傻丫头，我都不怕别人笑话，你怕什么？”大海伸出手将我拥进了怀里。

山穷水尽疑无路，柳暗花明又一村。兜兜转转，噩梦结束，等到又回到原地，我才学会爱。

当我依偎在大海温暖厚实的胸膛前等待华山之巅的日出时，我感觉到了生命中的永恒。朝阳洒在我们俩身上，我像大话西游里的紫霞仙子，只不过我比她幸运得多，我和我的英雄相依相偎，霞光万丈，地老天荒。

妈妈起初不同意我们俩的事：“他家是农村的，兄弟姐妹又多，将来负担肯定很重。”

爸爸架不住我软磨硬泡：“只要你们俩感情好，劲儿往一处使，这都好解决，买好保险和医保，没啥大不了的！年纪轻轻，努力奋斗，日子一定会越来越好的！”

千年前的白素贞在断桥上断肠，千年后的我却在西湖边与爱人携手看斜阳。

有人说岁月是一把杀猪刀，没了激情，少了感觉，丢了情操。我却觉得，岁月是双多情手，让我学会成长，学会爱，收获内心的宁静平和。

我洗去了铅华，学习着怎么为人妻、为人母。

我们家从来没有别人家头疼的婆媳关系，我和大山里来的婆婆相处得如同母女，婆婆总是劝儿大海说：“小蓝是个好女人，你这倔脾气，要多听听小蓝的。”调皮可爱的儿子也总是说：“妈妈是世界上最好的妈妈。”

大海说，还以为娇生惯养的我当不好儿媳妇，当不好妈，没想到我竟然把家经营得有爱有情，把日子过得有滋有味。

如果不是当年走过的那段弯路，我想我还是那个娇纵任性的大小姐，也得不到此生最珍贵的财富。

我们走过的所有弯路，都是生命中的必经之路，它会教会我们成长。

# 在我一无所有的时候，却遇到了想拼尽全力照顾的你

—— 文 | 秦苗条

1

很多年以后我依旧会梦到冯远。

记忆中，他总喜欢在篮球场上“砰砰砰”地拍着篮球，耍酷投篮时总也投不准。不管我怎么说，他洗头发还是用冷水，无论春夏秋冬。他不怎么讲究，球鞋总要穿到颜色灰灰的、旧旧的才肯罢休。他喜欢笑，微笑的时候眼睛眯得小小的，大笑的时候嘴巴恨不得咧到后脑勺。他喜欢捉弄我，没表白的时候就总是捉弄我。选修课总是在晚上，我和室友一起回去，他便跟在后面，猛地拍我肩膀叫我的名字，吓得我每次都要变了嗓音叫出来，他便幼稚地跑开。

室友问：“冯远喜欢你吧？”

那时我还有些怀疑，我说：“那不能吧。”

但现在我确定，他是喜欢我的，确定到不能再确定。

可后来我们分手了。

事实上，我们是因为上一次吵架后彼此冷战，隔了好久都没有再联系过，便自然而然地分手了。而再一次联系上时，彼此都已经快要尘埃落定了。

我想念过他。现在，约莫已经变作怀念，像是怀念我青春里的每一个定点。

2

我同冯远在一起那天，天气极好。

听说，最美不过人间四月天。

蔷薇已经铺满墙，樱花早早睡去了。道路两边的梧桐叶子是新绿色，天空是深远的蓝色，我们年轻鲜活的心，是热烈的红色。

我和他刚在一起时，经常吵架。我们大都为了鸡毛蒜皮的小事而吵，有时候会闹得很凶，吵完架，我回宿舍哭，不晓得他想干吗，然后翻来覆去地想，不然分手吧，可见了他，还是舍不得。

才刚刚开始，就已经舍不得按下停止键，那个时候，我忽然觉得，大概冯远已经是我心里认定的人了吧。

大约是人和人总要经过那段磨合期，一个月之后，我们便不再吵架，每天腻歪得很。

他有一辆骚包的电瓶车，常常载我满校园乱逛，有时候忽然停下来，我问他干吗，他也不说，只“呼哧呼哧”地跑进店里，然后买两个甜筒又“呼哧呼哧”地跑出来，傻乎乎地笑。

现在我已经很少坐电瓶车的后座，很少为两个甜筒感到幸福，也很少因看到那么丑的笑而扬起嘴角。

3

我经常梦到和冯远一起去图书馆自习。

他好动，我一看书便容易着迷，他扮鬼脸，问我书好看还是他好看。我时常没好气地答他：“当然是书，你有什么好看的。”他撇嘴，也翻动自己的书。

过了一会儿，他问我：“你线性代数学得好吗？”

我骄傲地点头。

他小心翼翼指给我一道题，问：“那这道题怎么做？”

我划拉了一页纸，没做出来，觉得很尴尬。不知道怎么回事，他在我身边，明明是很容易的题目，我就是怎么都想不出来要怎么做。

他便笑起来，也划拉了一阵，得意地问我：“是不是这么做的呀？”

我拿过来一看，还真是，觉得他捉弄我，便气呼呼地不理他。

他笑了一会儿，便认真地说："下面一页有答案啊。"

其实，和他一起看书，我能真正着迷的时候也很少，他捣乱的时候，我要骂他，他安静的时候，我又想多看看他。他在我身边的时候，无论做什么，我都会觉得很安心。

4

我们一起去电影院，在车站等公交车，公交车总是不来，我问他："不然咱们打车？"

他摇头，说："和你在一起，公交车总是很快就来。"

可那一天，我们等了半个小时还没来，终于放弃。

他坐在出租车里奇怪地问："有等那么久吗？我觉得才等了五分钟。"

之前听说过一句话，和爱的人一起虚度时光是件很幸福的事。

我想也是，和自己喜欢的人在一起，时光总是过得很快，就连等公交车，也总觉得它来得太快，停得太快。

我不喜欢等公交车，但我喜欢和冯远一起等公交车时，看他手舞足蹈地为我讲一些趣事；

我不喜欢去咖啡店，但我喜欢和冯远一起去咖啡店坐很久很久。不但如此，还要两张大脸挤在一起自拍很久很久；

我不喜欢坐地铁，但我喜欢在地铁上一抬眼就能看到冯远把我围起来，为我挡住人群的拥挤。

有个作者把他们的爱情故事写出来，出了书，男生说："我不喜欢这世界，我只喜欢你。"

我也是，不喜欢的事情那么多，只要和你一起，就能变得很喜欢。

5

好像毕业盛行分手，很恩爱的学长学姐分手，因为分别签了相隔大半个中国的两个公司；好朋友和她男友分手，因为一个出国，一个工作。反正那一段时间，失恋、告别，以及掉眼泪都很流行。

我也很怕。

冯远说："你别怕，我有信心。"

于是我们顺顺利利挺过了毕业。

他签了南方的公司，我在考研和工作之间挣扎了两天，也屁颠屁颠地随他去了他所在的城市。

工作地点并不近，可每周我们都要见面，他陪我逛街，我陪他吃饭，实习期挣的钱实在太少太少，以前尚且可以靠着家里给的生活费过活，可二十多岁，离开学校，变成社会人士，是无论如何也无法厚着脸皮再去向父母张口的。

钱少些不要紧的，只要没什么太需要钱的地方就好，一日三餐粗茶淡饭也没什么关系，住在狭小阴暗的出租屋里也没什么关系，我们年轻，吃点苦怕什么。我们相爱便好，贫穷又富有。

可是后来，冯远的爸爸突然生了一场病。他是独子，要回去照顾他的父亲。

我说我也要去。

他怎么也不许，我想大概那时候，他心里已经隐隐约约预见了些什么。

我们在车站的告别，像是分手。

他摸我的头，笑得忧伤，说："傻姑娘，以后你要好好照顾自己啊。"

我摇头："不行，我不要，我要你好好照顾我。"

他笑："别那么傻了。"

我说"两个人在一起,有一个聪明的就够了,我傻着,你聪明着,就挺好！"

他不说话，眼圈却越来越红，他说："傻姑娘。"

他要进站，我拉着他的手不肯让他走，后来我也买了张近处的火车票，跟他一块儿进去。

我们又聊了很久，我很忐忑，要检票的时候，我用很大的声音喊出来，我问他："我们会分手吗？"

他停下。

很多人都回过头看我们。我看着他，等着他告诉我别担心，就像是毕业的时候那样告诉我，不用怕，我们会一直在一起。

可他没有。他放下箱子，走过来抱我，紧紧抱我，说了一句“傻姑娘”，然后走了。

他没回头，真的没回头，就那样拖着箱子，随着最后检票的几个零星的人，一起步伐匆忙地走了。

我站在原地哭了。

很多人都渴望来南方，因为这里总是很温暖。

我喜欢这里，是因为有个很臭屁的叫作冯远的小眼睛男生在。

我讨厌这里，因为有个很臭屁的叫作冯远的小眼睛男生，撇下我，一个人走了。他像是个逃兵，而我像是被遗弃的宠物。

温暖有什么用？这里是座很多年轻人都想来的城市，有什么用？有很多花，有一片海，又有什么用？

都没用，因为他不会回来了。

6

后来，我选择重新考研。

之前哪怕我告诉自己再多次，选择去工作不是为了冯远，但其实我知道，我是。

我和冯远打电话，我说：“我决定考研了。”

他说：“好好加油。”

我又问：“你爸爸病情如何？”

他低声说道：“不太乐观。”

我们聊天总是很简短。

我给他转过一次钱，那是我辛辛苦苦攒下来的，只有五千。那次我们聊了很久，一直说到要分手。

他说：“我一直不知道怎么开口。”

我说：“那你就别开口了。”

“不能再拖了，必须要说了。”

“不就是分手吗，我知道了，我知道了还不行吗？”

“好好照顾自己。”

“我告诉你，我不同意！”

他叹气，叫我的名字，我挂了电话之后大哭。

其实，我真的怕被人拖累，但我真的不怕被他拖累呀，我真的不怕的，可他不愿意，还没听过我的想法，便已经做了决定。

在此之后，我们一直没有联系过，像是商量好了一般，谁也不去打扰谁。我打听到他爸爸在的医院，坐火车去过一趟。

到了病房，没见到他，只见到一个年轻姑娘，像是个受惊的兔子，睁大眼睛看我。

我问她是谁。

她说她是冯远的朋友，还说：“你别误会，我们没什么的，虽然阿姨喜欢我，但冯远哥他不喜欢我的。他在 S 市有个很喜欢的女孩子，啊，你不会就是……”

我摇摇头说：“我不是啊。”

她也点点头，然后继续讲：“阿姨总不放心请保姆的，可叔叔这边又离不开人，她大概见我细心，其实一直在撮合我们，只是……”

我没听完，便推托有事先走了。

当我走到医院前面的大路上，隐隐约约瞧见冯远的影子，我没敢打招呼，只匆忙地走了，后来他发了一次微信给我，问我最近怎么样，有没有认识别的男生，我没有搭理他。

原本最熟悉的人，就这样消散在了人海，成了最熟悉的陌生人。

7

我和冯远的故事大致就此结束了。

银行卡里多了五千块钱，我知道是他打来的，也没有借此机会再打电话过去，我不知道他是不是也希望我能回个电话，我只知道我们太了解彼此了。

我不是一个可以像小白兔一样贤良淑德待在家里照顾公公的女孩子，即便我可以为了爱情选择跟他在一座城市工作。

后来，听说他和“小白兔”结婚了，他工作很好，慢慢变得有钱，“小白兔”在家中照顾瘫痪的公公，是个贤内助。

我被心仪的学校录取那一天，他醉过酒，那时我已经换了电话号，他打电话给我身边的朋友。那时我和朋友在聚会，朋友把电话递给我，我听到他说：“恭喜你呀。”

我没答话。

他忽然便哭起来，叫我的名字，然后说：“我一无所有，什么都给不了你，什么都给不了你，为什么我唯一的选择只能是放开你？”

我也哭了。

我说：“我们以后别联系了好不好？我们总是哭，总是哭，我们应该笑的啊，我们分开是为了以后都笑着过，为什么我们一直在哭？”

他说：“我爱你。”

我说：“我不爱你。”

他说：“我爱你。”

我说：“我不爱你。”

他一遍又一遍说“我爱你”，我一遍又一遍说“我不爱你”。

他说的是实话，我讲的是假话，可无论真话假话，我们都很难过，难过得像是死了一样。

## 8

后来，便没有了后来。

我们谁都不再联系谁，谁也没有刻意打听过谁的消息。

那场伤筋动骨的爱情，再想来只是一场空落落的遗憾而已。

如果……呵，哪里又有什么如果，人不可以太贪心。

就当我积攒多年的运气，只是为了遇见你；就像守了多时的流星雨，只为看那刹那的璀璨。

# 你是我眼里的星辰大海

——文 | 戴日强

我留不住流星，也守不住你。

我看到过流星雨，流星很绚烂。我爱过一个你，爱情很美丽。

那就这样吧，其实已经很好。

1

我国庆回老家洪濑小镇，和往常一样，一回来就去阿小肉粽店吃小吃，偶然碰到一个不会闽南话的小萝莉正在费劲地跟老板沟通着，眼看两人就要吵起来，我连忙上去帮忙翻译，并点了传统小吃烧肉粽和牛肉羹。

就餐时我问："小镇又不是旅游地，你不会闽南话就跑过来，不担心是虎山行啊？"

小萝莉愣了下，反问："你是说《釜山行》？"

我尴尬地道："反正都一样……你……别转移话题。"

“我在网上看到小镇有很多中华名小吃，所以就跑来试试。”

我笑了笑说：“听你口音每句都要把舌头吃了，你应该是北京人吧？那么远跑过来吃美食，该不会是失恋了吧？”

小萝莉瞪了我一眼说：“也算是吧，不过比这个更惨。”

“嗯？”

“我给了男友的前任一巴掌，男友说了我几句，我顺手给了男友一巴掌，然后就分手了。”小萝莉边说边比画着呼巴掌的手势，嘴里还“啪啪”地配着音，似乎很大快人心。

我说：“那我得请你吃卤鸡爪，保证你打起来啪啪响。”

“好！”

2

小萝莉叫小拖鞋，难怪必杀技是铁砂掌，曾经被初恋抛弃后便辞职当了旅行体验师。

起初她母亲非常反对，毕竟离婚后母女“相依为命”，但考虑到女儿失恋，精神不佳，还是同意她去了。她这一走，便是离家十万八千里的涠洲岛。

一到岛上她便跑海滩上拍照，也沿着海岸线行走，思考着文案的内容，正入神时，突然有一只咸猪手往她裙子里伸了过来。

小拖鞋一晃，一巴掌往那色狼脸上打去，也不知道是临危时候爆发力大还是她本来就力大如牛，直接把那男生扇进海里，嘴里还骂着：“流氓去死。”

男生痛苦地捂着自己的脸，委屈地说：“你踩到我写的字了……”

小拖鞋低头一看，是一个大大的心，里面的字已经看不清，真是一场误会，她看着男生脸上的五指红印连声道歉，并把他拉了起来。

“是不是印很明显？你是不是毁了我帅气的容颜？”男生说。

小拖鞋鄙夷地看了他一眼，说：“就你，一张铁锅脸还帅气容颜？”

“怎么，不服啊？在老家，江湖人送外号东北彭于晏。”

“嘁……我最烦东北人了，而且还单眼皮，最关键还是四眼仔。”小拖鞋说完转身离开。

“喂，你打了我一巴掌就想溜之大吉啊？”

“那你打算怎么闹？”小拖鞋双手叉腰说。

“闹不敢，我开客栈的，晚上住我那儿当作补偿，给你八折优惠。”

“还不要脸到拉客？一定是黑店，打死也不去。”小拖鞋回复。

“给你五折行不……”

小拖鞋愤然地伸出手准备铁砂掌伺候：“我是那么见利忘义的人吗？”

“三餐我包，我会做海鲜，江湖人送‘北海食神’……”

“成交！”小拖鞋收功。

3

被打的男生叫小北，在涠洲岛开了一家“后海时光”的客栈，起初小拖鞋还以为是没人去的黑店，但没想到里面满满的驴友。

随后聊天她发现这厮竟然是白羊座，跟自己的大天蝎相克。一个大男生竟然看《甄嬛传》，再加上“东北人”“单眼皮”“自恋”等标签……她已经在心里给他一个大大的差评，想着住一晚当补偿吧，然后隔天走人，之后再去微博下黑他！

小拖鞋一觉睡到午后，洗澡吹完头发后听到一阵敲门声，打开一看，发现这个自恋狂竟然端着早餐出现在她面前，而且是用有机菜花和小番茄摆成的一个丛林主题早餐，中间有心形鸡蛋和切花火腿，吐司上画着一个笑脸，旁边是一杯牛奶……

小拖鞋的哈喇差点流出来，不过她很自重地说了一句：“你这是想收买姐吗？别以为这样我就会给你的黑店好评。”

小北“嘿嘿”一笑：“当然不是，这只是作为地主的见面礼，没想到你起来那么晚，害得我加热了几次。”

听到这里她内心莫名暖了一下，也本着客随主便的原则，小拖鞋痛快地进行了光盘行动。

午后，小拖鞋想要四处采风记录旅行体验，而小北熟悉地形又擅长拍照，急需一个身材姣好、肤白貌美的姑娘配合，两人供需匹配，于是就行动起来，一个下午回来两人光荣地被晒成哮天犬。

一到客栈，小拖鞋一顿铁砂掌抱怨小北瞎带路，他一脸无辜但也没多解释，默默走到厨房用自己的长处作为补偿，当一桌海鲜大餐出现在她面前时，小拖鞋只说了一句话：“这怎么好意思呢？”

“别客气，这是北海食神的补偿。”

“要不我们 AA 制吧，这么一桌肯定很贵吧？”

“也不贵，不到800块。”

“那啥……我们开吃吧，你一定饿坏了……”

一桌海鲜一壶黄酒，任何姑娘都不想走。于是两人有酒有肉聊到凌晨三点，话题也从旅行到了两个人的前任。

原来小北的前任受不了这种生活，选择分手离开，早上小北在海滩上写的是前任的名字。而小拖鞋更是因失恋辞职旅行，两个失恋的人碰到，顿时觉得整个涠洲岛的夜空都很湿润、很寂寞。

借着酒劲两人努力看对方一眼，他问：“你相信一见钟情吗？”

她回答：“比起一见钟情，我更相信一夜情。”

小北诧异地咳嗽了下，小拖鞋说：“你放心，你不是我的菜。我心目中的情人有十几个标签，你除了会做饭，其他的全部不符合。”

“那么惨啊？”小北喝了一口酒又说，“我听说会做饭的好处就是可以通过一个人的胃走进她的心。”

“也许吧，但是对我无效。”

“为什么？”

“我明早就要走了。”

小北愣了下，有些许失落：“去哪儿？”

“星辰大海。”

小北似乎明白，迟疑了一会儿说：“那晚上你早点休息。”

小拖鞋也能明白这段微妙的露水情缘，她说：“好，你也早点休息……不过你帮了我那么多，都不知道怎么报答你。”

“我们东北人都是活雷锋，要什么报答，要什么自行车……”

小拖鞋笑了笑说："那这样，先欠着……我帮你实现三个小小的愿望，以后有什么小小的愿望就告诉我。"

小北看着小拖鞋说道："愿望我只要一个就好……就是你留下。"她愣了下不知道怎么回答，他笑了笑继续说，"我知道这是奢望，不是愿望，明天你一个人注意安全，我就不送你了。晚安。"

4

小拖鞋又开始一个人晃荡，两人不时微信交流，小北说他一个人、一条狗，傍晚一碗海鲜面、一盏灯、一首歌，也就这样日复一日过来了。

直到假期，小拖鞋接到他的电话说旺季店里比较忙，需要像她一样一巴掌可以拍死一头牛、充满活力的小伙伴帮忙。

小拖鞋破口大骂："谁一掌拍死一头牛了，再胡说姐削死你。"

最后小北无奈祭出了"小小的愿望"，小拖鞋说是看在海鲜大餐的分上勉强同意过去帮忙，然后回到了"后海时光"客栈。

在男女搭配干活不累的合作岁月里，他本是地主，她该是受压迫的短工，结果变成了他喊她"小主子"，时不时还得吃几个铁砂掌；她喊他"小北子"，说是过来帮忙，结果她病了几周，反倒把他累成一条狗。

她喜欢张国荣，他把她休息的房间贴满哥哥的海报，然后说第二个小小的愿望是别叫他"小北子"，要叫他哥哥，她笑了笑说："好，小北子哥哥。"

假期结束后，她又开始收拾行李，端来早餐的小北看到这一幕失落了下，问：“真的要走？”

她说：“嗯，我的征途是星辰大海。”

小北突然明白自己爱上一匹野马，可惜家里只有大海没有草原。

“一路平安。”

“哥哥，你……还是不送？”

小北笑了笑：“你走，我不会留，你来，我满手玫瑰去迎接你。”

小拖鞋内心莫名涌起一阵暖流，又掺杂些许感伤，迎上去抱着小北哭着道别。

5

小拖鞋再次想来找小北，是在听说他要把店卖掉，当个旅行摄影师，陪她征服星辰大海的时候。

无论她怎么反对都无效，最后她说只要他不卖店，她就过来打长工帮忙，小北马上回复一切听小主子吩咐。

小拖鞋是夸下海口，母亲却严词反对。之前她虽然经常出去旅行，但都是短途，每次出去时间不超过两周，能经常回家，这样也能接受，但现在直接在那儿常驻，一年回不来几次，母亲一百个拒绝，几次争论后变成母女吵架，最后母亲说她要是去了，就不认她这个女儿。

一边是抚养自己长大的母亲，一边是呵护自己的男人，小拖鞋陷入了矛盾，但是没过几天她似乎也想通了，她看着满鬓斑白的母亲说：“妈，我不去了，我留下来陪你。”

母亲什么都没说，只是走入她的房间，帮她整理行李，这让小拖鞋十分诧异。

末了母亲说："妈妈老了，我若年轻，何尝不想拥有一个浪漫的人生。你去吧，我想好了，既然给了你生命，就要许给你远方。"

她听完，抱着母亲"嗷"一嗓子就哭了出来……

小拖鞋去涠洲岛的时候恰好遇到小台风，船隔天才出航到岸，她没想到小北还真的手捧玫瑰，在凌乱的码头等着她。

从玫瑰略微衰败的样子看，他等了她一夜，小拖鞋感动得眼眶都湿了，然后给了他一个铁砂掌。

她说："台风来了也不爱惜自己，等个屁等。"

小北说："你怎么能说自己是屁呢？"

小拖鞋又伸出手掌，他连忙告饶。

由于受台风影响，码头没有旅客，两人便开始各种玩耍。小拖鞋说从小就觉得穿婚纱的新娘最美，小北想都没想就带着她去教堂拍婚纱照。

当她穿上婚纱时却突然听到有人召唤，转头一看竟然是一个神父。神父说："新郎、新娘准备好了吗？我们开始吧。"

小北正想解释误会，小拖鞋连忙制止并拉着他走了过去。神父主持到了相互表白环节。

小拖鞋突然有点动容，稳定了下情绪后说："哥哥，遇见你之前我以为我的征途是星辰大海，遇见你之后才知道，其实你才是我眼中的星辰大海。我曾经许你三个愿望，你用掉了两个，我知道你为什么一直舍不得用掉最后一个，现在我帮你用掉。哥哥，我们一辈子在一起，一分一秒都不分开。”

她没想到小北竟然听哭了，他半天后才说了一句：“小主子，我们慢慢来，余生多指教。”

就在此时教堂大门打开，真正的新郎新娘到了，神父才知道搞错了，不明情况的新娘打骂着新郎：“说好当今天的第一对新人，结果你一个大男人画什么狗屎眼线画半天，给人抢了头彩。”

小北大笑，小拖鞋也幸福地笑了……

6

随后的日子两人又一起经历了下一个旺季，每天要做七八桌菜，倒两大桶六七十斤的垃圾，忙到晚上十一二点钟，第二天还要六点钟起床给客人准备早饭、收拾房间……日子虽然忙碌但是充实，而且快乐。

只不过这种快乐很快让小北的前任熙熙打破了，她跟家人吵架离家出走却不知道去哪儿，便直接跑来找小北，看到小北有女朋友她也不介意，直接在客栈住下。

小北主动跟小拖鞋说就收留熙熙几天，等她跟家人和解就让她离开，小拖鞋虽然厌恶，但是表现得很大度，并没有为难。谁知道熙熙一住就是一周，周末晚上，小拖鞋买完货物回到客栈，竟然发现两人在喝酒，而且熙熙还对小北动手动脚，一口一个舍不得，要复合。

小拖鞋瞬间怒火爆发，直接跑过去井喷。熙熙也丝毫不忍让，讽刺她是小三，说她挖墙脚。小拖鞋直接一巴掌甩过去，捍卫自己正牌的地位。

小北可能也没见过这样的场面，看到小拖鞋打人，维护错对象，反过来说了她几句，小拖鞋又顺手一巴掌过去，然后回房间收拾行李再次走人。

7

等到鸡爪、卤料、酸菜面、烧肉粽、煎包、面线糊、鱼丸汤、牛肉羹摆满一桌，小拖鞋突然哭了。

“怎么了，你饿慌了？”我问。

她摇头说：“不是，看到好吃的就想小北了。其实后来我才知道误会他了，那晚其实他们两人是彻底说开了才喝酒的。”

“那他都找你那么久了，你还是回去吧。”我说。

“可是……我找不到回去的理由。”她说。

“回去还需要理由吗？”说完，我拿起纸笔，写了几句话递给她，“这是我在你们的公众号发现的。”

我们有一所房子，面朝大海，春暖花开。

我们有一个院子，养一条狗，栽几棵树。

我们有一个梦想，种在涠洲，落地生根。

“这些幸福缺你不可……吃完这些小吃，你就回去吧。”

小拖鞋哭着点头说道：“嗯，可是那么多好吃的，吃不完怎么办呀？”

我嘴角抽搐下说：“那你打包带着路上吃。”

后来小拖鞋告诉我她回去后小北依然满手玫瑰在码头等着她，然后领着她去海边生起一堆篝火，一起躺在海滩上看星空。

小北问：“生怕你再离开。”

小拖鞋说：“我不是离开，我只是归来，别忘了你才是我眼里的星辰大海。”

小北笑了笑，转身在她的嘴里讨水。

刚认识小北时，小拖鞋发现两人属相不合，心里“咯噔”一下；星座也不太合，心里又“咯噔”一下；又发现他还是一个自恋的东北人，心里更是“咯噔”一下；偏偏是个单眼皮的四眼仔，直接心死成灰。

可到最后她发现爱情哪有那么多合与不合，哪有那么多标准，遇见了就是最好的，世界那么大，遇见了就不要错过。

是啊，遇见他，就是他，我们始终相信很多事情冥冥中早有注定，所以相遇也就成了必然。

所以在爱情的这场征途里，遇见你之后的每一天，都过成了我想要的样子，多谢你如此精彩耀眼，做我平淡岁月里的星辰大海。

我们慢慢来，余生多指教。

## 晚安，贝斯学长

——文 | 戴日强

1

在即将进入以艳遇为当地特色的法兰西时，我被安检拦住了。原因很简单，法国的朋友让我带各种奇葩东西，说这些东西在留学生圈里很抢手，所带的如老干妈、火锅调料包就算了，还有炒菜锅、电饭锅，甚至套套也不能落下……我不懂英文更不懂法语，用翻译软件解释着所有东西的用途，结果浪漫的法国人民愣是不懂，搞得我最后脱口而出一句“妈的”，就是这句“妈的”他们听懂了，于是安检叔叔非得拦下我的行李，做深层次检查。

我以为我算是很生猛的一个人，没想到旁边一个瘦小的姑娘简直可以用横冲直撞来形容，三个一百公斤的法兰西大汉根本挡不住冲撞的她，等到好不容易架住了，姑娘直接把行李砸过去，搞得蕾丝边的内裤满天飞，一不小心还挂在旁边一个日本大叔的头上，他竟然还深深闻了一下，那画面十分了得……

我在想着姑娘是通缉犯，还是携带了危险性武器，竟然搞出这样的闹剧，没想到她竟然被带到跟我同一个房间检查。

我心想：天哪，她要是来一场自杀性袭击，我岂不是也跟着完蛋？

万万没想到姑娘一坐下来就哭成泪人，我也是大慈大悲之心，小心翼翼地递给她一张纸巾，后来她平静后，跟我讲了这场闹剧的原因，原来这一切只是为了一个人……

他叫小贝，她叫郝好，他们的相遇很简单。那年都是还在上大学的年纪，郝好看着窗外的夜景，他在楼下路过，偶尔抬头看了她一眼，然后被泼了一脸的洗脚水。

彼时郝好喜欢唱歌，夜深人静时总在窗台上唱着玩，因为声音甜美、长相甜美，所以吸引了很多人追求，于是经常能看到楼下有很多开着一大板车玫瑰的男同学追求她，追求不要紧，几个男生追不上变成了恶意骚扰，搞得整个女生宿舍民不聊生，于是触发了泼洗脚水一幕，结果泼水的女生力道不够，直接泼到了路过的小贝身上。

一阵过期海鲜的味道进入小贝嘴里，他直接狂吐起来，事情源于自己，郝好忙拿着水和毛巾下来救场。

擦干后，小贝看着眼前脸庞如海岸线一般清晰的女子入迷了，甚至情不自禁眼迷离起来。

郝好不解，说：“同学，你没事了吧？”

小贝说："没、没事，只是头有点晕。"

郝好说："是不是凉水泼的？不会生病吧？"

小贝摇头："不会，正常反应，你也会晕。"

"嗯？"

小贝说："人看到美丽的事物都会有这样的反应，譬如天边的彩虹，譬如眼前的你。"

"我晕。"

"你看，你也晕了吧。"小贝笑着说。

郝好扭头走开。小贝在后面喊着："我们最近在筹备组建一个乐队，缺一个主唱，你唱歌那么好，我正式邀请你加入……"

"我距离主唱的位置还很远,谢了,再见。"郝好说完,转身离开。

小贝有点失落,但依然喊着:"周六下午两点,大学生活动中心，不见不散啊……"

郝好回头笑了下，回绝道："不用了……那么，晚安。"说完她进了宿舍楼。

"晚安。"小贝开心地、傻傻地朝着她的背影挥手。

一回到宿舍，舍友马上过来跟郝好说小贝是二道贩子，她听说这个学长经常倒卖假货给学弟学妹，完全没有任何音乐细胞还组建乐队，千万不要上当。

2

到了周六，郝好还是去了大学生活动中心，她早已做好了被一个二道贩子推销各种床上用品的准备，但没想到的是，她打开门一看，吉他、架子鼓、贝斯……赫然出现在眼前，而且抱着贝斯的小贝一看进来的人是郝好，立马让整个乐队演奏起来。

几次死不要脸的拉拢，郝好被迫成了“晚安乐队”的主唱，之所以叫“晚安乐队”，小贝解释是因为鼓手大叔当年在学校读书追女孩时一共说了五年的晚安，才把女孩变成女人，为了纪念和传承这份长跑爱情，乐队就叫“晚安乐队”。

吉他手叫李威，是个北京男孩，说话特像大张伟那劲儿，吉他弹得特别棒，还包办了乐队的词曲，QQ 上被贴满了“内在美”“有才华”“仗义”等标签，就是没有一个标签跟颜值有关系。这不怪他，主要遗传问题，生得一张武打脸，就是那种一进火车站，就会被警察叔叔查身份证的长相。

当然，郝好也算是正式认识了小贝，觉得他有头脑会疼人，是推销过学生用品，但也是童叟无欺、价格公道。他比郝好大一届，年龄却比她小一岁，郝好就亲切地叫他“弟弟学长”。

后来小贝找到郝好问能不能不叫“弟弟学长”，郝好疑惑。小贝为难地解释说每次看到这个称呼都把“学”脑补成“很”，自己污不要紧，破坏了郝好的光辉美少女形象就不好了。郝好破口大骂，不过后来也改称呼为“贝斯学长”。

随着乐队参加的活动越来越多，两人关系越来越好，到了无话不说，媲美闺密的地步。有好几次李威都打趣说小贝一定喜欢她，郝好都打岔说不可能，他是自己的男闺密，不要破坏了他们之间的革命友谊。

李威开玩笑问："那我们呢？"

郝好疑惑。李威继续说："假如哥追求你呢？"

郝好笑着说："等你从泰国回来，我就可以考虑下。"

李威曲解了"泰国回来"的深度含义，暑假还真去了泰国，晒成一个黑鬼，在一个夜黑风高的晚上过来追求郝好，当然，差点把她吓跑。

郝好委婉地拒绝了李威的追求，但没想到李威聊着聊着就把自己的悲催往事全部晒出，一把鼻涕一把泪地求安慰，出于关心郝好安慰了他，结束后，李威死活拽着她的手要送她回去。

上一次排练时，小北偶然听到郝好跟李威说把自己当男闺密，并默认李威的追求，这次过来送红糖水，正撞见两人拥抱、牵手，不止小贝，哪怕在任何人看来都不会把这个当误会。于是小贝丧气地想着，也许正如郝好说的那样当男闺密就好，往往从朋友变成恋人，两人间便会失去最初的本质，如果以后分手了，也就做不回朋友了。

到了迎新演出，李威配合郝好演唱完乐队的最新歌曲后向她表白，并第一次说出这首歌其实是写给她的。全场新生鼓动，郝好不知所措地看着小贝。

小贝突然拿起话筒对着郝好说："郝好，也许你不知道乐队的由来。它之所以能组建起来全是为了你，而之所以叫'晚安乐队'，就是想表达一份长跑的爱，当初创办这个乐队的人不是鼓手大叔，是……是李威。"

诚然，郝好明白自己是在乎小贝的，但是他都把话说到这个份上，她能不答应李威的追求吗？

活动结束后，李威牵着郝好的手跟小贝道谢。

小贝笑了笑说：“跟好兄弟谢什么，我有事先回去了，你们慢慢甜蜜。”

他说完转身离开。郝好心里有些不是滋味，因为全程小贝并未看自己一眼，刚想到这儿，她忽然听到一句熟悉的问候：“晚安。”小贝转头朝他们笑了笑，随后继续前行。

晚安，贝斯学长。郝好在心里默默地回了一句。

3

郝好没想到这次演出是“晚安乐队”的告别演出，小贝因为考研，鼓手因为银行工作纷纷退出了乐队。

郝好几次约小贝都聚不起来，即便偶尔在食堂碰见他，小贝都像耗子见到猫一样匆匆避开。郝好百思不得其解，在男生宿舍楼下拦住小贝，质问原本是好好的闺密关系，怎么现在跟陌生人似的。

没想到小贝更是大发脾气，喊着：“你自重好不好？都有男朋友了，还要一个男闺密，能不能要点脸？”

郝好傻眼了，直接给他一巴掌，愤然离开。

小贝看着郝好离开的背影顿时落下了眼泪，等她彻底消失在眼前，他才撕心裂肺地喊着：“郝好，晚安……晚安……”

而另一边的路口，其实郝好并未真的离开，她靠在拐角处的墙角边泪流满面，口中默默说了一句：“晚安，贝斯学长。”

可从那晚以后两人彻底断绝联系，只字全无。

郝好再次得到小贝的消息已经是工作时，男友李威正筹划着国庆带她回蔡氏古民居旅行，顺便见见家人，还未定好时郝好收到鼓手大叔的信息，他希望单独见她。

两人见面后，郝好才知道小贝这种学渣考个屁研，继续从事“二道贩子”工作，而鼓手大叔也不是因为银行忙，而是他看不惯。原来李威在向郝好求爱前找了小贝帮忙，希望他能说乐队是李威为了追郝好而组建的，小贝为了兑现当初找李威加入乐队要帮他追女孩的诺言，不得已同意的。

其实乐队是小贝组建的，一开始他并不懂音乐，是小贝恳求鼓手大叔和李威，并且花了一周时间学了贝斯才组建起来的，之所以叫“晚安乐队”，其实是因为那晚郝好跟他说了一句晚安。

听到这些郝好开始哽咽起来，末了鼓手大叔说这次找她还有一个原因，小贝参加乐队大赛，主唱突发意外参加不了，问她能不能去帮忙。

郝好却犹豫了，因为李威是另外一个乐队的吉他手，如果帮小贝，就是跟李威过不去……

4

比赛当晚，李威的乐队拿了高分，而小贝早做好了自己挂帅的准备。缺了主唱，整个乐队的人也都知道小贝的歌唱能力距离夺冠还有好几条跑道的距离，但也只能赶鸭子上架。鼓手大叔一直看着后台的门，期待着惊喜出现，但主持人催促着他们上台。

“还在看什么？上吧！”小贝也催着。

鼓手大叔叹了口气：“好吧，一切都是天意。”

说完他起身走向台阶，就在此时大门忽然被推开，所有人转头一看，是郝好。

“晚安乐队”只拿到第二名，小贝却出奇地兴奋，以至于直接吻了郝好。郝好先是一愣，随后也深深入戏，获得冠军的李威在台下看到这一幕，没有马上发怒，等结束后，他拦住了小贝并给了他一拳。

此时下着大雨，小贝直接摔倒在泥泞的水坑里。他艰难地爬起来，李威又给了他一拳。

好吧，这不是在拍电影，搞不懂每部都市电影两男主打架为什么都要下大雨，不过这次下大雨的事是我编的，那天晚上北京的天气很好，除了有雾霾。

此时，小贝更加艰难地站了起来，李威冲过来重重地给了第三拳。

小贝倒在地上笑了笑，说：“第一拳是对你的歉意；第二拳是我没珍惜郝好；第三拳是给不争气的自己……现在还完了，李威，我正式跟你宣布，我不会再有任何退让，郝好我要定了。”

“有本事你来抢啊。”说完，李威又一拳打过来。

然而这次，拳头被小贝紧紧握住。

“住手！”刚刚赶来的郝好哭喊着制止。

李威看了看郝好，发现她的眼神似乎更加关心小贝，愤然让郝好二选一。

小贝也同意，并说会尊重她的选择。

郝好苦笑了下，丢了一句“幼稚”，转身离开。

5

原本以为故事就在这里结束，但是小贝已经不是当年的贝斯学长，他不再懦弱，直接追到郝好所住的小区楼下，紧紧抱住她不放。

随后的剧情正式开启小两口的幸福日常。有一天晚上，两个人聊着微信，小贝突然消失了，郝好想应该是太累睡着了，一如既往发了一句“晚安”就去洗澡，吹完头发后拿起手机，突然收到小贝回复的晚安。

郝好诧异地问：“你不是睡了吗？”

小贝回复：“我今天太累了，怕睡着，调了个闹钟提醒自己，果然睡着了。”

郝好责备：“睡着就睡着啊，还把自己闹起来干吗？”

小贝：“我要准时跟你说晚安啊。”

她是一个很容易满足的人，突然被感动得不知说什么好，“晚安”是那么简单的一个词，但是对于恋人而言，每一句晚安都是爱。

随后的日子，小贝和鼓手大叔组成原创歌手组合，正式步入音乐星光大道，而郝好则成为白领职员，长相 VIP，办事能力高，工作顺风顺水，节节攀升。

两个人各有事业原本是好事，但北漂的原创音乐人除了吸引文艺女青年外都很穷，小贝根本入不敷出，甚至连租房都要靠大叔帮衬。郝好是北京人，五环外还有单独的一间小房子，她费尽心思说服爸妈把房子让给小贝住，可小贝出于尊严拒绝了，他认为男子汉应该靠自己的努力养活自己心爱的人，而不是靠她接济才能生存。

为此两人大吵一架。小贝让郝好放心，自己那么有才华一定会火，到时候一定会给郝好幸福的生活。郝好也是心急，她让小贝面对现实，音乐只是学生时代的爱好，并不能当饭吃。

小贝更不服气，最后郝好质问："我们都恋爱那么多年了，那你要等到什么时候才娶我？"

小贝立下誓言说一定会成功，然后会在巴黎铁塔下向她求婚。

郝好冷笑了一声后，哭着跑开了。

原本只是普通的吵架，谁也没想到大学时代的情敌李威跳槽成为郝好的领导，一听说两人吵架不断，李威便开始重新追求郝好。

李威身世显赫、业绩突出、人缘又好，在同事的眼里两人简直门当户对、郎才女貌，再加上小贝为了赚钱，每天晚上奔波于各大酒吧驻唱，给了李威无限的追求空间，郝好一直都言辞拒绝，可她生日那天，郝好等到晚上，只收到快递小哥送来的一束花，伤心不已。

李威说即便爱情已成前任，但大家还是同学，不忍心看她一个人过生日。

这次郝好心软了，李威邀请很多朋友一起来酒吧庆生，并当众向她求爱，周围的人庆贺着，郝好酒精上头，感动得哭了出来，但是她并不知道这家酒吧是小贝的下一场演出地点，而门外的小贝看到这一幕本想冲进去暴打李威，但是看到郝好的反应，他还是选择了离开。他并没有来得及听到郝好擦干眼泪后的拒绝。

很难断定这个局是偶然还是李威的设计，在爱情里的误会是不可能造成两个人分开的，谁都有联系方式，一个微信一通电话就能解决，很多时候爱情走到最后除了现实的压力外，还是不够信任、不够合适……小贝和郝好如此，很多人也如此。

（6）

诚然，最后郝好和小贝分手了，她也没选择跟李威在一起。

但是郝好告诉我这次去法国是为了小贝，他要在巴黎铁塔下跟她求婚。

我心想这到底是什么鬼，分手还能结婚吗？

原来小贝最后选择放手是因为癌症，听到这儿我顿时雷得要死，怎么跟韩剧“三宝”——车祸、癌症、失忆牵扯上了。可现实生活还真就比韩剧更加狗血，郝好是通过鼓手大叔得知这个消息的，一开始她也不信，直到鼓手大叔把小贝化疗的照片摆在她眼前，她终于哭了出来。

在医院最后的日子里，郝好反过来向小贝求婚，小贝却哭着拒绝了。他说他发过誓，要在巴黎铁塔下向她求婚，他没做到，而且剩下的日子不多了，就更不能耽误郝好。

没过多久小贝离开人世，他紧紧握着郝好的手，说完最后一句“晚安”就闭上了双眼，郝好也回了一声“晚安”，仿佛两个人的情感简单到用“晚安”两个字就能表达。

虽然小贝离开了人世，但是两个人的情感并未结束，所以在送完小贝后，郝好带着他的誓言和自己买好的戒指只身前往法国，她想在巴黎铁塔下答应他的求婚，然后嫁给他，给他们的爱情画一个句号。当然这个求婚仪式只能她一个人来完成。

我在想当郝好带着戒指来到巴黎铁塔下，唱着两个人在大学时写的歌曲，然后看着巴黎铁塔把戒指戴上，这应该是全世界最浪漫的求婚仪式吧？

虽然那个跟她说“晚安”的人已经不在，但是爱的誓言依然没有湮灭。

是啊，小贝用“晚安”陪她度过每一个夜晚，一说真的就是一世。而这声“晚安”由郝好开始，也由她收尾，她的每一句“晚安”竟藏着那么多心酸与幸福。

晚安，郝好。

晚安，贝斯学长。

这世间最美的情话不过是“晚安”二字。

# 你爸看准的男人，可以放心嫁

——  文 | 柒叔

1

婚礼上，见过最感人的场面是爸爸亲手把女儿的手递给未来的女婿，有的爸爸善言谈，会多说几句祝福，有的爸爸不善言谈，只是红了眼圈。

其实爸爸比女儿挑剔，如果不是他看准的人，他不会轻易把自己养了二十几年的大宝贝拱手推到另一个陌生男人怀里。

我参加过一场朋友的婚礼。姑娘叫周彤，她爸爸在公众场合不善言谈，那一刻他只说了一句：“拜托了。”

女婿抱了抱岳父，眼圈红红地说：“爸，放心吧。”

后来，周彤问她爸爸：“为什么你一开始反对我和他在一起，后来同意我嫁给他？”

她爸爸喝了一口酒，笑着说：“这孩子经得起考验。”

周彤很紧张地问："你考验刁难他了？"

她爸爸笑着说："瞧把你紧张的，比起我的考验，我更在意他在生活的考验里，做出了什么决定。"

2

第一次双方父母见面，选择了周彤跟男朋友上班的城市，两边的父母都坐车赶过来，一开始周彤怕麻烦，更怕处理不好，她男朋友笑着说："我来安排。"

双方父母下了火车，直奔订好的饭店包间。周彤的男朋友点菜，特意询问了周彤的父母有没有忌口，他们说："没事，都行。"

菜点完，周彤的男朋友指着菜单，特意交代服务员，一个菜不要放葱花香菜，一个特色菜不要放辣。

等到菜上桌，发现有两盘菜是一样的，只是一个辣，一个不辣。

周彤的妈妈问是不是上错了，周彤的男朋友笑着说："阿姨，他家这个菜麻辣口味是招牌，您不吃辣，就委屈您了，给您点了份五香的。"

因为周彤的男朋友第一次去她家里的时候，他听周彤的爸爸提及过自己不吃香菜，妈妈不吃辣。

从点菜可以看出一个人的性格。周彤的男朋友点菜之前，照顾所有人的偏好、忌口、荤素搭配，不犹豫，干净利落，陪着双方父母聊着天，没一会儿菜就上齐了。

他很懂每个菜的时间，不至于让一大桌人吃完一个菜，下一道菜等很久，弄得尴尬。

按照周彤爸爸的话，会点菜的女婿，在工作上一定吃得开，人缘不会太差。

一个菜单里，就是一个江湖，点菜厚此薄彼，都会有非议，会照顾一桌子人的情绪和口味的人，情商一定不会太差。

大家吃完饭，去安排好的住宿的地方。

路上，周彤的男朋友在便利店买矿泉水，从便利店出来，跟周彤说："好像饭店的服务员，多找了五块钱。"

周彤说："算了，不就是五块钱吗？"

周彤的男朋友说："对于咱们来说，五块钱无所谓，可是对那个收银员来说，她晚上算账的时候，差了钱，要么自己补齐，要么挨主管的骂，碰到严厉的，甚至都有可能被辞退，不能因为五块钱是小事，就给人家添麻烦。你先带爸妈过去，我一会儿就过来。"

然后，周彤的男朋友跑回饭店还钱。

3

按照周彤的意见，双方父母来了最好住酒店，一大家子人在一个屋檐下，哪怕就几天，肯定因为各自的生活习惯的差异起冲突。

周彤的男朋友说不如订民宿，两室一厅，既能保证有家的氛围，又各自有独立的空间。

进了民宿，周彤的爸爸按了按床垫，软硬合适，跟周彤说："还是女儿好，贴心小棉袄，知道你妈腰不好，睡不了太软的床，特意订的吧。"

周彤愣了愣，想起她男朋友坚持订民宿的原因了，酒店的床太软了。

周彤的男朋友从饭店赶过来，手里还拎着一副象棋。他将象棋放在桌子上，说："叔，您要是嫌无聊，不愿意出去逛的话，我就陪您下下象棋。"

象棋是周彤爸爸最喜欢的项目，宁舍一顿饭，不舍一局棋。碰到路上有下棋的局，就拔不动腿了。

按照周彤爸爸的话，这小子太细心，太会观察生活的小细节了，随口说的一句话都上心。

4

双方父母第一次碰面，是谈周彤跟男朋友的婚期。周彤的男朋友说："不如咱们趁这个机会，让他们旅游一次吧。"

然后，他制订了计划、攻略，特别详细，尽管只有短短四天，行程节奏安排得很合适，不累，玩着玩着就逛完了。

在民宿里，周彤爸爸跟周彤说："你未来的公公和婆婆都挺好的。"

周彤问："哪里好？"

爸爸说："到了我们这把年纪，玩不起浪漫了，恩不恩爱，两个人默不默契，一举一动都能看出来。他们过马路的时候，手牵着手，在景区拍照的时候，你公公会搂着你婆婆的肩膀，不是为了拍照而摆的，真的，就是那种生活里无处不在的照顾。在这种父母恩爱的环境里长大的孩子，你嫁了，肯定不会吃亏。"

周彤笑着说："我前段时间问我男朋友，想要一场什么样的婚姻，你猜他怎么回答的？”

爸爸摇摇头。

周彤笑着说：“他说做一个你这样的男人，娶一个像我妈妈那样的女人。”

爸爸问：“为什么？”

周彤说：“他说你看我妈妈的样子特别温柔；他说一个男人能把挂面煮得那么好吃，一定是生活里磨炼出来的；他说你跟妈妈笑起来的样子特别像小孩。”

周彤的男朋友第一次登门那天，赶上周彤父母的结婚周年纪念日，周彤以为饭菜会很丰盛，可是桌子上只有两碗面，特普通的葱油面，上面有一个荷包蛋那种。

爸爸说：“带男朋友回来，这么重大的事，怎么不提前打个电话？”

周彤笑着说：“刚好一起出差，路过就回家看看。结婚纪念日，你们就吃这个啊？”

妈妈说：“二十几年，习惯了，每年这时候的面都特别香。”

爸爸说：“我出去多买点菜。”

周彤说：“我们俩吃过饭了，要是有碗面汤的话，我就尝尝。”

妈妈说：“行，我去给你盛。”

灶台边，妈妈突然“啊”了一声，爸爸立马冲过去问：“没烫着吧！你别急。”然后拉着妈妈的手，在水龙头上冲洗。

妈妈问：“我是不是很笨？”

爸爸笑着说：“笨怎么了，我惯的。”

很多年以前，周彤父母刚结婚的时候，日子过得很一般，甚至有一段时间穷到只能吃挂面，因为挂面便宜。

有一天，周彤的妈妈哭着说："我不想吃水煮挂面了。"

周彤的爸爸说："老婆，再撑两天就可以发工资了，我一定给你买最好吃的东西。"

周彤的妈妈说："我怀孕了。"

那天，周彤爸爸去借了两个鸡蛋。

也是那天，周彤的爸爸终于下定决心离开那个频临倒闭，好几个月发不起工资的工厂。那时候是冬天，特别冷，周彤的爸爸选择在劳务市场扛包，因为可以发现钱，每天可以在菜市场关门前，去买点便宜的肉。

周彤爸爸告诉周彤，什么尊严，什么面子，比起自己的女人来都不值一提。

他见过一个女人为了爱情奋不顾身的样子，所以他怕自己的女儿受苦，舍不得女儿嫁人，怕自己那么心疼的大宝贝，在别人那儿变得什么都不是。

5

一个爸爸太懂男人所有恋爱的套路，他只有看准了一个人，才敢赌上女儿一辈子的幸福。

不是看中长相、家世、金钱，而是看准一个人的人品。

一个男人的人品来源于他的家庭教养，来源于后来他生活的态度。他不必张口许下承诺，而是他的一举一动，都藏着他的为人处世、生活细节、品行操守。

他可以撒谎，但是他生活的态度不会，那是活在骨子里的东西。

遭遇贫穷、不公、诱惑，甚至是脾性，这些生活的小细节，都会暴露一个人的性格缺陷，能够在这些打击里依然沉稳的男人，女人嫁给他一定不会吃亏。

女儿要的是爱情，但是爸爸给选的是婚姻。

婚姻是生活的总和，吃喝拉撒、衣食住行、柴米油盐，这些东西不是一个人去另一个人家里吃饭，口味不合就不吃了，而是端起一碗饭，怎么吃最舒服，饭夹生了换饭，浇头不好吃换浇头，不要因为一碗饭，而换了跟你吃饭的人。

所以，去生活里找婚姻，一个热爱生活的人也一定会爱你，嫁人最后嫁的就是人品，别怕生活处处刁难你，那是它要把对的那个人，亲手送到你面前。

结婚那天，周彤笑着问爸爸："万一嫁错了呢？"

爸爸说："怕什么，还有你爹呢，爸养你一辈子。"

# 第六部分

## 走过荆棘，涅盘而生

## 哪有那么多喜欢，人生有时就得苦熬

——文 | 李月亮

小妹是做销售的，昨天，她跟了很久的一单合作泡汤了。

本来胜券在握的，但对方公司毫无预兆地换了老总，之前的规划全部重新调整，直接让她几个月的心血付之东流。

小妹揣着滴血的心去和经理汇报，又被雪上加霜地痛骂一顿。

从经理办公室出来，她迎面碰上一个死对头同事，对方满脸喜气，比过年还开心，又给她加了一层霜。

中午，别人都去吃饭了，小妹一个人坐在工位上对着电脑，沮丧到绝望。

她给我发信息：特别特别想辞职。

我问她辞了以后去哪里。

她说不知道，迷茫得要死。

这份工作，已经是小妹毕业四年来的第七份工作了。之前她做过酒店管理、幼儿园老师、旅行社文员，都是开始有点兴趣，然后越做越不喜欢，最终一走了之。

她说：我不知道这辈子能不能找到一份自己真心喜欢的工作。

我想都没想，回她：哪有那么多喜欢，人生有时就得苦熬。

做一份自己喜欢的工作，这是很多人的愿望。

所以当工作变得面目可憎，我们的第一反应往往是选错了，赶紧走。

可是再换下一份工作就会好些吗？就算真的做了自己喜欢的工作就没烦恼了吗？未必。

之前在群里聊天，有读者说她喜欢音乐，但学的是会计，毕业后违逆父母心愿，做了钢琴老师，每天课程满满地教孩子们学钢琴，现在做了五年，曾经那么爱弹琴的她，一看见钢琴就难受，碰都不想碰。

我感同身受。

大学毕业后，我做过几年杂志编辑，作为一个文字的死忠粉，也算是找到真爱了。

可是，真正的编辑可不是优哉游哉喝着咖啡、约几个稿、看几篇文章就功德圆满了。

你找选题会找到手抖，看稿子看到想吐，每天一打开邮箱和稿库，铺天盖地的稿子如同噩梦一样堆在眼前，你机械性地打开，看个开头，不合适，关掉，再打开下一篇，然后从上百篇空洞苍白的文章里勉强选出两篇，绞尽脑汁修改、提升，交给主编，很可能还会被以莫须有的罪名毙掉。

作为编辑，改第一篇稿子时可能兴致盎然，改到第一千篇时早已心如死灰；做第一个选题时可能激情澎湃，做到第一百个选题时已如行尸走肉。

还有，每月发稿时会加班到凌晨三点，隔三岔五要做你完全不知道意义在哪里的总结或测评，同事打小报告，导致领导对你格外“关照”……

这一切都让你疲惫到崩溃。

大部分工作应该都是如此。当初再怎么喜欢，干上十年二十年，也会进入职业倦怠期，也会烦得要死，想一脚踢开。

它会在某些时候带给你乐趣和快感，但一定还有一些时候，它是压力、折磨、痛苦，甚至是一潭死水、狰狞野兽。

但你依然要坚持，因为工作从来就不是用来享受的。

它真正的意义，是你用来安身立命的资本，是你实现自我价值的平台，是让你有钱吃饭、养娃、孝敬老妈，是让你夜半醒来不害怕。

为了这些，你要熬。

麦姐曾在一家外企工作，收入丰厚，但压力巨大，每天都为了业绩焦头烂额。而且公司规矩严苛，变态到限定女员工的高跟鞋鞋跟三公分，多一分少一分都是违规。

她撑不下去，辞了职，换到了一家小公司。

这回轻松很多，但是收入骤减到之前的四分之一，负责的工作也是一些无聊的鸡零狗碎。

前几天聊起来，她说舒服是舒服多了，但是没有价值感，而且钱不够花，还房贷压力好大，想给孩子报个舞蹈班，都要算计半天。

生活是平衡的。你不为了赚钱辛苦，就要为了省钱发愁。

曾经在微博上看过一组照片，题目是《活着》，记录了一个六十岁的男人的工作状态，他每天卸货三百吨，每吨赚六毛钱。

是不是蛮震撼？

是不是瞬间觉得自己所有的委屈、难过、痛苦、不甘心，都特别矫情？

我也曾看过一个环卫工的采访。

凌晨三点，晚睡的年轻人还没回家，他已经开始工作。

记者问："是不是很辛苦？"

他拎着破旧的大水杯，木讷地憨笑："干啥不辛苦？但是总得干点啥啊。"

大白话，也是大实话。

谁愿意凌晨三点就去扫马路，谁愿意在烈日下的尘土里挥汗如雨。

但是人活着，总得干点啥啊。喜不喜欢，都得干。

也许我们比他们多一些选择，但容我们懒惰和矫情的余地，其实也非常有限。

因为众生皆苦，人生在世，有些苦谁都躲不了。

没有一份工作是不辛苦的。

没有一种职业是吃着火锅、唱着歌就可以开开心心拿到薪水，受人尊重的。

做编辑有编辑的苦，做销售有销售的苦，做老师有老师的苦，做医生有医生的苦。

但是为了生存，或者更好地生存，你必须去做。

哪有那么多喜欢，有些时候，人生就得苦熬。

能苦中作乐最好，能调整状态最好，能自我激励最好，能找到更好的去处最好。

如果都不能，就要熬下去，一步一步、一寸一寸、一天一天，坚持熬下去，就是一切。

你若不肯熬，若总想逃，那么越逃越苦。

好的人生，都是从苦里熬出来的。

熬过了必须经历的苦，才能过上喜欢的生活。

人在意气风发时，精神抖擞地做成一件事，其实不难。

难得的是，在冗长得看不到头的枯燥、烦闷、迷茫、压力、疲惫里，不灰心、不懈怠，坚韧地往前走。

这样的我们，才是真正的英雄。

## 迷茫的日子，你是怎样熬过来的？

——— 文 | 衷曲无闻

1

前段时间，我去了一趟浙江。

在南沙海湾浴场，我人生中第一次见到了海；凌晨四点，步行十多公里去小乌石塘看日出；所有人都睡了，坐在摇椅上和客栈老板聊人生的不如意；后来又辗转到杭州，夜幕时分见到了西湖的晚霞；深夜，一个人跑到民谣酒吧喝酒。

这场说走就走的旅行，导火线是我所带的班级，期末考试没考好。不出意外，为了不影响学生们的高考，我在学生们升高三的时候可能会被换掉，替换我的人，目前也听到了三四个版本。

我第一次担任“尖刀班”班主任，从他们高一走来，我已经三四次面临被换，最后又死里逃生。而这次，我没想和学校争取继续担任这个班的班主任的机会，也没有去向领导解释这次班上期末考试没考好的理由，我选择了出逃。

说实话，出走的这段时间，我是迷茫的。

“迷”，一车一米食无所依；“茫”，一草一水亡命天际。

最近大红的脱口秀新秀李诞说道：“人生在世，你只要知道两件事：一，这世上绝对存在不需要读书也很聪明，不需要努力也过得很好，甚至不需要钱就能快乐的人；二，那个人绝对不是你。”

## 2

细细想来，我的人生如此丧的另一段时光，是在大三。

那时候的我害怕进入社会，不想参加工作，便计划考研。虽然数学、政治和专业课都没什么挑战，但英语却是我的硬伤。

我把所有的书都买齐之后，随便在图书馆找个位置，就开干了。背完单词做阅读，一遍不懂再做一遍，所有的数学习题集都做了三轮，跨考的那个专业抄了五本笔记。虽然最后临近考试我当了逃兵，那一年的准备却让我获得脱胎换骨般的成长。

坚持不下去的时候，我就看课外书籍。《撒哈拉的故事》，让我憧憬三毛和荷西自然洒脱的爱情；《挺住，意味着一切》，让我明白自己的未来是自己决定的，想改变就得从眼前开始；《拆掉思维里的墙》，让我发现看书原来可以学到那么多东西，自身还有很多地方可以突破；《与神对话》，让我体验到和自己内心对话的放松和满足。

那一年，室友都对我的不合群难以理解，甚至教育我，要搞好同学关系，多和他们交流。我默不作声，依旧是早上七点准时去图书馆，晚上十点准时回到宿舍换衣服，然后跑步半个小时，再洗澡睡觉。

尽管我很迷茫，却从没有放弃过提升自己。

我知道我很笨，所以拼了命地学习，想要改变现状。那些比我厉害的人比我还努力，我根本不敢放松自己去浪、去爱、去享受。

3

今天，我收到一条很长的微信。

“老吴，我把你的第二本书看完了，挺想跟你说点什么，虽然我只是你万众读者中的一个，但是我还是想表达出我的想法。

我也是一个在大城市打拼过的人，不过仅仅一年就受不了，然后没出息地选择回贵州三线城市做一名初中老师，今年是我的本命年，去年从深圳辞职以后，跌入人生谷底，没工作没收入，更没方向。

朋友分享了你的一篇微信文章给我看，让我重新总结自我，找到方向。那是我第一次考公务员，虽然笔试成绩不够好，但是面试成绩很完美。我很喜欢你的文章，因为我觉得其实我们是同一类人，刚开始我看了几篇以后，给你发过‘我很喜欢你的文章’的话，你回复了一个‘谢谢’。

后来我才知道，你每天都要花很多时间处理读者们的回复，真的就像班主任疼爱每个学生那样，我一直都默默地关注着你。工作以后越来越孤独，也不想融入不属于自己的群类，不想整天和几个八卦女人谈论东家长，西家短。

今年是我的本命年，算命的说我今年凶多吉少，开年的第三个月我就感受到了。最好的朋友癌症去世了；家里欠债，我的买房梦又得推后；被领导批；才谈了以为应该是一辈子的恋爱，结果第四个月的时候又出现问题，对方一直藕断丝连的态度折磨我到筋疲力尽。

今年成长得太多，也曾撕心裂肺地哭过。

我一直认为不管自己再怎么努力就是不会成功，再怎么对别人好，那个人都会以不同的方式离开，其实这些想法从小就有，我虽然乐观，但是实在经受不住折腾。

每次想放弃的时候都不知道放弃了该做什么，不放弃的话又是一段看不到成功的路途。有时候活着很疲惫，但是我也没办法，隐隐感觉该有的最终都会有，所以还得坚持下去。但是我活得不清不楚，除了被现实一次次打击，就是半夜眼泪流淌。

后来我看了你的第二本书，发现其实我这些都算不了什么，只不过一个人承担的话很容易把一些事放大，渐渐地，我找到了活着的意义，以及我想要的东西，对爱情也很从容了。你改变我很多，我觉得甚至是一生，我现在很不一样，并且也喜欢这样努力的自己。

谢谢你，老吴！你就像阳光一样，在我对世界已经心如死灰的时候，给了一道光，让我看到了一些景色，让我不再憎恨自己，希望你还可以出更多的书，改变更多和我一样的人。”

4

我是哭着看完这条微信的，就算我真的可以成为他的光，但是我低落、迷茫、伤心的时候，我安慰不了自己，甚至找不到一个可以倾诉的人。

他说“希望你还可以出更多的书，改变更多和我一样的人”，这句话把我的心都扎成漏勺了。

曾经，我想着自己有十二万读者，便在合同里签了返购一千本书的条款。可我还是高估了自己，愿意买一本书鼓励我的人，并没有那么多。

就我而言，只有书的版权，十本免费的样书全部给“简书”做活动了。我每赠送一本书，都得自己掏钱去购买。我花了将近3万元买自己的书，原价售出，只为完成读者“签名书”的心愿，如今售出去的不到二百本。

现在出书的门槛倒是不高，但是书真的很难卖。作者的处境，就像街头卖艺的人，吆喝半天，围观的多，投铜板的少。

我现实生活的圈子里，鲜有人为我哪怕转发链接宣传一下出书这件事，就算有，也只是想要本免费的书。很多人话里夹枪带棒，这年头谁还会买书，大家都是同事，你每人送一本，别那么小气。我只能笑笑作罢，仿佛我吃饱了撑的，写书就为了送人。

曾经有个朋友在文章里写：朋友开个衣服店，我们不会说“求送衣服”；朋友开个水果店，我们不会说“太好了，今后我每天都有新鲜水果吃了”；可是一旦有人要出书，有时候甚至一点都不熟，却可以理直气壮地说“求送书”。

本来是鼓励，因为你说了“求送书”，前面的鼓励、赞赏就一文不值。因为你的意思就是，“我虽然喜欢你的书，但是并不想花费一点点金钱去获得”。

她总结：这两年，我开始特别愿意买书，并且心酸地发现，有时候买一大摞书，所花费的钱还比不上一件最普通的衣裳。我爱的那些作家是有多么辛苦，才得以用写作来维持生计。

是啊，我们的钱那么少，每一分都要认真地花。可其中一定有一个最重要的功能是用来鼓励、保护我们所爱的人——正因为稀少，才如此巧妙地成为一种爱的表达。

5

每个人的这一生，总归会有不如意的时候，我也曾经有过全身只剩下二十块钱，连着一周只吃水煮挂面配咸菜的经历。

但真正为生计发愁的时候，我倒也不迷茫，只会想着怎么赚钱，怎么解决明日的三餐，怎么样才能应对下个月的房租费。人在面对赤裸裸的现实时，总是很清醒。

这些天我很迷茫，超负荷地干着学校的工作却不被认可，想靠写作走出一条自己喜欢的路也举步维艰，公众号流量主被永久封禁，靠打赏连一日三餐都解决不了，一接广告就有人骂，倘若书卖得不好，也没有机会再出第三本。

这几天我浑浑噩噩地过着，看完了在书柜里放了很久的《六祖坛经》《金刚经》和《六祖慧能传》。

《坛经》里有一言，“烦恼即菩提”，人在迷茫的时候，世界还是那个世界，从迷茫中走出之时，定然会心有所悟，同时智慧也必定增长，“前念着境即烦恼，后念离境即菩提”。

唯愿读过这篇文的每个人，都被这个世界温柔以待，而我在触底反弹之前，仍然温柔地和这个世界对抗着。

最穷不过讨饭，不死终会出头。

## 命运不会辜负你的努力

——文 | 秦苗条

1

在赵瑶如愿以偿成为别人口中的“画师大大”以前，她曾经问过我一个问题：“命运为什么偏偏喜欢辜负追梦人？”

彼时，我对这个问题也相当头疼。

那时的我们，只带着满腔热情，一脚踏进这瀚海里，连扑腾的动作都不曾有，便已经被海浪席卷着压进深海里。

邮箱里的发件箱总是满的，收件箱只有寥寥无几的几个广告。偶尔写了一篇不错的稿子被编辑看上，然后被送去审核，之后鼓着勇气去追问，依旧是石沉大海，杳无音信。

我被几个小孩子拉进一个工作室里做写手，稿子码了很多，过了很多，但每到终审便没了结果，后来他们又鼓捣出一位积极发言的点评员，那人连我的标点符号都给指责了个遍，即使心底认定他并非权威，可依旧会失望。

钻牛角尖的时候，甚至一度想要放弃。

只不过，每次只要一想到放弃这个念头，难过得就像是已经丢了半条命一般，气闷、想哭。

那时的赵瑶也大概如此，她在一个漫画平台上，看她的作品的人总是很少，她也气馁，找我聊天，我们谈到放弃这个问题的时候，不约而同地静默了。

放弃吗？真的是不甘心啊。

你不得不承认，当你打心眼里热爱某个东西时，想要为之努力，这个东西像是融入到骨血里，同你的生命一起在噼里啪啦地燃烧。

放弃它，等于放弃生命，从此只如行尸走肉。

那是你无论受多少苦，走多少弯路，遇见多少挫折，怀疑多少次人生，都想再往前迈上一步，再努力一把的东西，无法割舍。

我们谈至后来，都笑了起来。

她说："别尿，只管硬着头皮往前走。"

2

贸然凭着一腔热情妄想进入某个领地，若是没有足够的幸运遇上一个带路人，那你必定是连门都摸不清的，这期间，你需得用你的血肉之躯，硬生生地在这漫山荆棘里冲出条血路来。

我与赵瑶都是如此。

我终于认识到那个每日撩骚、产量却低下的工作室不靠谱的事实，退了群，恰巧因着一篇稿子发了贴吧，一个平台的编辑邀请我入驻他们平台，我将她的邀请当作一种承认，喜不自胜了很久，然后按捺住雀跃的心情注册、发文。

又过了一些时日，我才渐渐明白过来，这不过是推广阶段中的一种“到处撒网，重点捕捞”的策略而已，并不见得她见了你的文，佩服得五体投地，才带着十二分的恳切，眨着星星眼，捧着脸，撒着娇要你注册。

而那时赵瑶也是如此，自以为摸着了一些门路，到最后发现依旧是一场空，画稿攒了很多，读者却依旧寥寥。

赵瑶说：“我想杀人。”

我说：“我已经磨好刀了。”

赵瑶说：“为什么这么难啊？”

我说：“因为……这是梦想啊。”

我们都没再说话了，后来我们笑起来。喝完咖啡，我对赵瑶说道：“加油，漫画家小姐。”赵瑶对我说道：“加油，文艺闷骚女青年。”

我们一起“哈哈哈”了一会儿，然后分开，脚步坚定。

3

我拿到的第一笔稿费是三百五十块，用两个月写的十四万字的小说换来的。

在现在的我看来，这稿费自然是低到惨绝人寰的那种，但当时前路黑暗，我同赵瑶互相搀扶着走得寒冷又饥饿，看不到一丁点曙光，这三百五十块钱对我们两个来说，就等于沙漠里的一场雨。

就像暗沉的夜里摸到星光，空荡的山里听见鸟鸣，大概就是这样，一点小小的雀跃和惊喜，忽然就蔓延到整颗心，让世界都变得敞亮起来。

赵瑶特别开心，揪着我要我请她吃火锅，吃完火锅又逛街，稿费还未曾到账，便已经预支完毕，完毕还不算，生生又贴进去几百块。但我还是开心。

在忐忑又坚定的路上，我们差的就是那么一丁点承认。

只要一丁点认可，我们就可以像仙人掌一样，靠着那一丁点的水分，毫无畏惧地撑过整个夏天。

赵瑶叫我“作家小姐”，我叫她“画家大大”，然后我们都笑了起来，眼睛里闪着同样熠熠生辉的光，那一刻我就知道，无论距离梦想有多远，我和赵瑶是走定了。

4

在拿到第一笔稿费之后，我终于在那个平台攒了些人气，被推荐，然后有了三万僵尸粉，偶尔有人催更、有人骂娘、有人诉说心情。

我开心极了，想要跳到赵瑶身上转圈圈，赵瑶眼中苦涩，说："怎么办，我好像又要放弃了。"

我心中一惊，迟疑地问："为什么？"

她苍白地笑笑："好累啊。"

那时，她拜托一个朋友去看自己的漫画，而她那个朋友在草草看完之后，却直接问道："你有没有想过，这么久还没有人气，可能你真的不适合？"

赵瑶哭了，咖啡也没有喝，拿起外套就走。我追她、堵她、抱她，劝她不要放弃，她却红着眼睛说："你懂什么？"

我也急了，我说："我不懂，我什么都不懂。但你的漫画我全看了，我觉得好、特好，天下第一牛的好。我从你的漫画里看到你的热情和认真，我能看出来的，不仅如此，我还看到了我们的未来，我们都可以的！"

赵瑶推开我："是啊是啊，劝别人努力是最轻松的安慰，可你不是我，你根本不明白！"

我确实不明白，比我早两年进入社会的赵瑶承受着何种压力。我在没有课而码文的时候，她也许正在与客户交流；而我码完文爬上床看视频时，她可能正拖着酸痛的身子在地铁上被挤来挤去；我酣然入梦时，她也许才洗漱完毕，手刚刚触上画板。

太累了，尤其是身边亲近的人大多不支持她。

## 5

赵瑶断更了。

我刷新了很多遍，依然如此，停留在最后一天更新的页面，再也没有动静。

我叹气，不知道该如何劝她，那时，我就是相信她不会放弃。

此后，我在那个平台也止步不前。僵尸粉就是僵尸粉，并没有什么人每天热切地叫你作者大大；开的新文点击量总是很低，哪怕是自己觉得很不错的作品；推荐栏上日复一日地摆着“霸道总裁爱上我”一类与我的文风大相径庭的文。

那时候，被喜悦冲昏的头脑慢慢清醒过来，我知道我不能再这样下去了，我会在这一点点沾沾自喜中毁掉自己的。

恰好交好的文友向我提到一个短篇征稿，我从之前交给不靠谱的工作室的稿子中挑了一篇，本来不曾抱有什么幻想，就这样突如其来地得到了好消息。

受到了赞赏和认可，于是我斗志十二分昂扬，埋着头像是着魔一般疯狂地码字投稿，期待收到好消息。

后来，编辑忽然问我：“想签约吗？想专栏吗？想出书吗？”

想啊！想啊！太想了！是做梦梦见都会笑的梦想啊，就这样真实地摆在了我面前。合同寄过来的时候，我一个字一个字地看，握着笔的手都在颤抖，不断地考虑到底如何下笔才能不唐突了我的美好人生。

此后的人生仿佛开了挂，和平台一起成长，经济独立，甚至还有盈余，手机上午坏掉，下了课便可以去手机店买新的。

我认识许多朋友，有了一些会大半夜找我聊天说喜欢我的文章的粉丝，还有那个曾经认为遥不可及、对我百般为难的纸质梦也真实起来，许多纸媒编辑找过来要授权。寄来样刊之后，手指摩挲在自己的笔名上面，夸张得眼泪几乎都要掉出来。

对于胸无大志的我来说，这样的人生似乎已经算巅峰了。

直到一天，忽然有一个认证为“××制片人”的老师私信我，说想加个微信，和我谈谈。

## 6

赵瑶分析了很久，犹犹豫豫地问：“不会是骗子吧？”

是骗子。我这样笃信着，却还是忐忑地加了他的微信。那位老师人很好，瞧见我年轻，跟我讲了许多，电话也打过几次，为我推荐了几本编剧书，说他们现在需要故事，鼓励我慢慢写长篇。

编剧书是买了。大概是太专业、枯燥，总没有《金瓶梅》看着有滋味，于是放弃了，捧着一堆言情小说看得有滋有味。

我实在胸无大志，影视这种事情，对我来说太遥远了，遥远得当做梦想谈出来都让我自行惭愧。

虽然觉得遥远，但晚上做梦却时常能梦见自己拿着个剧本在那儿傻乐，笑得那是真开心，形象都不顾了，眼睛挤成缝，嘴巴咧到后脑勺。

我听见我的心在蠢蠢欲动，它说试试吧试试吧，反正又不会怀孕。

有颗休眠的种子开始在心里蠢蠢欲动，“咻”的一声钻破土壤，长出叶子，慢慢长大，大到我无法忽视为止。

当第一次想到考编剧的研究生时，我狠狠地抽了自己一个大嘴巴子：“这是神经了吧。”我拼命要自己清醒过来。可越是这样，那颗种子越是来劲，风吹过，它摇曳生姿：“学编剧吧，学编剧吧。”雨打过，它沙沙作响：“试一试嘛，试一试嘛。”太阳高照，它舒展腰身：“再不去，一巴掌呼死你。”

然后我便去查找相关资料，发现了一个惊天大秘密，原来编剧的研究生并非只有艺术生才能考，还有跨专业这一说，哪怕跨鸭绿江、跨松花江、跨雅鲁藏布江，通通没问题。

那一刻，我简直热泪盈眶。

7

我正上蹿下跳地准备研究生考试的时候，赵瑶悄悄地搞了大事，她删掉了以前平台上的所有作品，然后毅然决然地去了一个新的平台。

然后，她就那样红了起来，红红火火恍恍惚惚。

还被出版社老师相中，出了漫画书。

赵瑶说："此生无憾了。"

我们彼此臭屁地交换了签名书送给对方，然后她叫我一句"未来大编剧"，我叫她"未来动漫家。"

我们又笑起来。

8

我知道我与赵瑶的小成就比起很多人来说都太微不足道，弯路走了太多，耗费的时间太久太久，不足以作为一个成功案例讲给后辈听。

从前，我总是懊丧上天不厚待我们，可越是到如今，反而有些感恩上天的用心良苦。

人生的旅途没有一帆风顺的，倘若我们受了些打击，便会嚷嚷着放弃，从此一蹶不振，那么断然不会有今天的小成就。正因为是从默默无名中一路煎熬过来，才锻造出一颗金刚石的心。

前路远，我们不怕，因为我们正是从起点慢慢地走向了遥远的远方。

没有存在感，我们不怕，因为我们一开始就一无所有。

我们之所以能过上想要的生活，正是因为经历过那些弯路、荆棘、苦难，然后这些磨难像是河蚌体内的沙子，需要我们血肉相磨才成珍珠。

当我们迎来彩虹的那一刹，所有阴雨天气里晦暗的心情都将绚烂起来。

珍珠熠熠生辉的时候，包裹着砂砾的血肉也在发亮。

当我们获得哪怕一小点成功时，走过的磨难都将成为照亮我们前路的璀璨星光。

磨难的意义不在于磨难本身，而在于成就。

# 人穷命贱，生活实苦，再糟糕也不过这样了

——文 | 雾满拦江

1

昨天朋友圈里，公号雷斯林先生的《看到台风中扶车被压身亡的男人，觉得人间真的好苦啊》，引起很多朋友的共鸣。

超强台风“天鸽”袭击广东，中山市一名五十四岁的周姓男子，试图稳住大风中的小货车。但回天乏力，努力未果，小货车如玩具一样被狂风掀倒，周姓男子被压车下，当场身亡。

曾有人劝阻周姓男子放弃挣扎，但这辆车是他两周前新买的，所以他拼死稳住。只有身为父亲的人，只有那些仍然在生存线挣扎的父亲，才知道他的坚持意味着什么。

无论怎么看，为一辆必翻的车而丧生，让一家人失去依托，都是不理性的。但请不要轻易评价别人，因为你没有经历过他的人生。

所谓的岁月静好，不过是有人替你负重前行。正如雷斯林先生所说：“坐在舒服空调房读书的孩子，考个试就要叫苦，不及格就是最大的不幸，哪里知道这世间的贫穷，只能拿命来挡。”

2

人穷的时候，命是不值钱的。

同样不值钱的，还有穷人的付出、努力与劳作。

3

我们在媒体上看到的都是幸存者。

比如说马云、王健林——有些人曾比他们更有魄力，也更有智慧，但时运不济，那些人的努力付之东流，个人与家庭的幸福陷入绝望的深渊，他们的艰难与痛苦被边缘化，不为这个世界所知。

两周前，我在北京的春光里遇到一位姑娘，听她讲述自己的故事。

姑娘生在一个单亲家庭，有一个弟弟，还有快八十岁的奶奶。父亲又当爹又当妈，照顾孩子，照顾老人，还要做生意养家糊口。有时候生意太忙，顾不过来，父亲就把女儿带在身边。

她永远记得，曾有一天深夜，和父亲一道回家，可是车坏在半路上。地方偏远，叫不到维修车，父亲就让她坐在车里，自己推车前行。她说，父亲担心女儿独自坐在车里害怕，就一边推车，一边大声地给女儿讲故事。

漆黑的夜晚，长路漫漫，父亲的讲述在夜空中孤寂回响。

父亲说："孩子，有爸爸在，你永远也不要害怕。"

但一场突如其来的变故，让她的梦想与希望碎裂。

4

有一天，父亲正走在路上，一辆车突然如疯牛一样冲了过来。

父亲被送往医院。

姑娘痛哭着赶到医院，看着医生递过来的抢救之前需要签字的病危通知书，她的手剧烈颤抖。想起父亲曾给她的诺言，她真的想叫醒父亲，让父亲履行承诺。

但是她只能泪如雨下，签字。

父亲虽然被抢救回来了，但家境从此一落千丈。

肇事者没有钱，想赔偿也赔不起。父亲的生意无人打理，关门了事。全家人陷入窘境，偏偏父亲车祸后又突发心脏病，险些离开人世。

她很绝望。

5

姑娘说，父亲从未对她说过努力或是上进之类的话。

病愈后的父亲，羸弱不堪，但在女儿面前，始终是一张坚毅沉静的脸。他是位极重仪表的人，以前无论多么疲累，也要保持衣衫干净。车祸与重病之后，他仍然如此，每天不停地收拾家，不停地洗衣服。

他不肯倒下，仍然给女儿讲故事，并再次强调："有爸爸在，你永远也不要害怕。"

但是女儿知道家里生计已断，再也没有经济来源。

于是有一天，她和伙伴相约出门，临到晚上，父亲才接到她的电话："爸爸，我去北京打工了，听说那里的工资高。"

电话里，她听到了父亲的低沉号淘，孤绝而无助。

而她，更是泣不成声。

6

她选择去北京，是因为听朋友说，北京的底薪都是六千左右。如果她在北京找到工作，岂不是可以攒很多钱，给爸爸治病了？

所以她想也未想，当天就动身了，而在此之前，她从未出过远门。

来到陌生的北京，让她感到孤独。她在一家书画艺术品公司找到了工作，但工资并不是想象中的六千元，只有三千五百元。

三千五百元，也足以让姑娘满足了，交了房租，留下交通费、伙食费、日用品开销，每个月还能剩五百元寄回家里。

此后，姑娘承担起公司里的所有工作，许多听都未听过的项目，她必须要从头做到尾，她要和无数人打交道，要战胜自己内向的性格。她从羞怯到开朗，这个过程中吃了不知多少苦头，但她没有退缩，硬着头皮不断突破自己。她没资格矫情，没资格挑挑拣拣，别人遇事时可以责怪其他人，而她只能默默地把一切吞下。

穷未必是你的错，但你必须为此付出改变的代价。

7

此后姑娘的工资涨到每月四千块。

再后来，公司倒闭了，姑娘只能另谋职业，这时候，她已经来北京两年了。

去年七月，她来到了掘匠鞋履定制公司，成为公司的一名客服。

她每天中午一点半上班，规定是晚上九点下班，但要处理的工作太多，她总要加班到深夜十二点。到手的工资，先要给家里寄回两千块，剩下的钱除去房租和生活费用，已是所剩无几。

她对公司业务越来越熟悉，开始从客服领域进入到销售领域——她没有资格与老板分庭抗礼，不可能如别人那样计较老板到底付她多少薪水，她就付出多少劳动。于她而言，能有一个工作，能按时寄钱回家，还能在这个过程中学到许多东西，让自己能力越来越强，这就足够了。她一直做到今天，直到改变来临。

8

这个姑娘名叫吴恩希。

残酷的商业时代，她是靠着自己的努力改变人生的无数女性中的一个。

她从一个普通的打工妹，成为掘匠鞋履定制的高级合伙人。

她的个人收入，有了大幅度提高。

她改变了自己，也改变了命运。

9

吴恩希的故事，算是给我们上了一堂鲜活的实践课。

让我们知道，该如何做，才能改变贫穷的命运。

贫，是指支出大于收入。

穷，是说有力使不上，赚不到钱糊口。

许多人羡慕富二代，认为富二代因为爹妈有钱，不像自己这般窘迫——但实际上，哪怕是富八代，在他完成个人成长，能够独立生活之前，也是支出超出收入，处于贫穷心态。许多富家子弟拿父母的手软，处于父母的高压之下，内心更是焦虑与暴躁。

要改变这种不堪状态，走出贫穷的心，就必须了解这个世界的运行法则。

## 10

许多年轻人手拿文凭，进入职场，头一桩事就是想找份工作。

实际上，这个世界根本就没有你的工作！

社会不是幼儿园，为每个小朋友安排好了位置。任何时候，社会都是一个半成熟的交互系统，由已融入社会体系的人所组成。这些人起初也在社会体系之外，起步如吴恩希，通过自己的努力，慢慢被社会所接受，成为社会化大生产中的一环。他们的上游是供应商，下游是市场及客户，资本的溪流流经他们，产生出的利润，就是他们的安身立命之基。

不会有一批供应商聚集在上端，无数客户等候在下端，单等你一个刚刚毕业的年轻孩子，进入到中间位置。

社会一直在运转，根本就没有你或任何一个还未进入社会的人的位置。

不明白这个道理的人，无法进入社会化大生产，只能游离于外，但由于他们远离生产主线，与资本绝缘，纵然付出许多，但所获不足，沦为穷寒。

11

你需要进入这个社会，而不能赌气任性，被社会隔绝在外。

商业系统的社会位置，不是平白无故得来的。那实际是一次隐秘的利益交换，不处于自己渴望位置的人，你必须多多付出，这种付出让你获得能力增长，再加上付出所带来的利益，构成你与位置之间的平等关系。所以几乎每个老板或是高管，都喜欢大谈奉献——然而，这些人往往说不清奉献背后的隐秘交易机制，反而会引发年轻人的反感：我是来公平交易赚钱的，你凭什么让我奉献？我需要的只是钱，你却跟我谈情怀，这岂不是太扯了吗？

但在你还没有进入自己的位置之前，还没资格谈公平。

12

人生实苦。

苦就苦在，成就与付出之间，并非直线关系。

我们需要摸清规律，从赌气中走出来。更需要慈悲，知道这世间的许多人，并非如你我这般幸运。

我们的幸运，并非起点比别人高，所有人的起点都是一样的。只不过我们的心态可能更平和，更习惯于将困境视为人生课题而非迫害。我们幸运，只不过我们更愿意通过劳作锻炼自己的能力，而并非斤斤计较；我们幸运，只不过我们更愿意学习聆听，而非对抗，所以时常会有贵人帮助我们；我们幸运，只是我们更好奇，始终保持学习的心态；我们幸运，只是我们知道旦夕祸福，人世无常，从不敢高枕无忧；我们幸运，是因为我们始终持以慈悲之心，不敢让一颗心，变得冷酷而失去善良的机会。这就是人生，你我皆在于此，之前如此，此后亦然。千万年前或千万年后，我们面对的是始终不变的人性规律，始终需要的是幸运者的心态。

# 谁不是一边热爱生活，一边不想活了呢

——— 文 | 雾满拦江

1

行舟问渔夫，砍柴问樵子。

入海不知深，多半被淹。

砍柴不知山，铁定迷路。

人类社会中，最好知道点人性。否则的话，就会磕磕碰碰，七荤八素，忙得七扭八歪，前后颠倒，却收不到点滴效果。

然而，人性到底是个什么模样？

2

有位朋友在网上说，他小时候非常聪明，但学习不用功，老是惦记着看电视。

于是父亲就给他立规矩：你每天连续看电视的时间不得超过两个小时，要把更多的时间用在学习上。

“好嘞！”孩子答应一声，却心如电转，开始琢磨父亲立下的规矩：嗯，每天连续看电视……连续看……连续看电视的时间，不得超过两个小时……连续……我知道应该怎么做了！

次日起，孩子严肃地坐在电视机前开始看电视。

先看一小时五十九分钟，停下来休息十分钟；

再看一小时五十九分钟，再停下来休息十分钟；

接着又看一小时五十九分钟……

整整一天，这孩子就坐在电视机前，基本上没挪窝。

父亲察觉不对：“你怎么回事？怎么没完没了地看电视？”

孩子就等着这句话呢，当即正义凛然地道：“我每看一小时五十九分钟的电视，都会休息十分钟，从未连续看电视两个小时，完全遵守了你的规定，这有什么不对？”

父亲：“不是，这事不是对不对的问题，而是……而是……笤帚呢？我打死你个调皮捣蛋的小兔崽子！”

父亲抡起笤帚狂抽，孩子一边拼命号淘，一边发出惊天动地的质问：“公道何在，正义何存？我严格遵守了规则，为何反遭殴打？”

## 3

程序员林刚先生，讲他做游戏时的糗事。

他们的游戏类似于金庸群侠传。玩家注册，进入游戏世界，就会遭遇金庸武侠中的各类人物。玩家要战胜这些角色，升级加分，获得奖励。

游戏中有一关，丐帮洪七公守在此处，只要玩家打败洪七公，夺得打狗棒，就能够获得最高加分。但洪七公何等人物，神龙见首不见尾，根本不是普通玩家打得过的。

但是游戏上线没几天，管理者惊奇地发现，有几个玩家水平极差，却忽然间获得极大加分。明摆着他们一次又一次地击败洪七公，夺得打狗棒——但这是不可能的！

明明无法打败洪七公，玩家又是如何获得高额加分的呢？

管理员仔细一看，差点没晕死过去。

原来，这几个聪明的玩家注册了一个用户，名字叫“打狗棒”。

大家登录，围着打狗棒狂揍，把打狗棒打昏，然后扛过去换取加分——游戏程序有 bug，无法辨明玩家打狗棒与洪七公手中的打狗棒的区别，见到“打狗棒”三字，系统就疯狂送出高分。

当时管理员气哭了：“人家游戏有 bug，你告诉人家嘛，怎么可以钻空子？”

管理员宣布加分无效，修补 bug。

然而，规则一旦出现漏洞，多半不止一个。

聪明的玩家，就在这些漏洞前面，开始与程序员斗智斗勇。

4

程序员修补了漏洞，并实施极严厉的制裁措施——但凡利用规则漏洞者，一律注销。

惩罚不谓不狠，只是效果不理想。

道高一尺，魔高一丈。玩家成帮结伙，找到漏洞后，先由一个玩家上前违反规则，获得奖励后，迅速把战利品送给同伴。这样一来，虽然违规用户被注销，但所获得的高分或奖励，已传递到了同伴手中，玩家毫无损失。

管理员果断制订新惩罚——凡接受违规同伴奖励品的用户，一并注销！

这个措施够狠，但效果也更差。

5

制订了新的惩罚措施之后，获得高积分奖励的玩家数量更多了。

为什么呢？

因为玩家太聪明，他们发现关联用户一并遭受惩罚后，就改了玩法。

先由一个用户违规获得奖励品，然后把奖励品丢在路边。

此后同伴过来：咦，地上有个奖品……人家可没有关联交易。你游戏纵然制订一万条规则，也不能禁止用户随地捡点东西吧？

玩家又赢了。

编程人员陷入崩溃与抓狂之中。

6

这两个故事很搞笑，但你从中看到的是人性！

第一个故事中的孩子，完全明白父亲的意思，就是让他每天看电视的时间不可以超过两个小时。

知道归知道，但当父亲说“连续看电视不得超过两个小时”，孩子心里立即掀起了惊涛骇浪——他发现，父亲的话还可以有另外一种解读，规则制订得不严谨，于是他就按捺不住地想要展示一下自己的聪明，直到挨了父亲一顿暴打。

孩子知道学习是对的，钻规则的漏洞，证明父亲的错误，只会换来胖揍——但孩子就是忍不住。

第二个故事中的玩家，也知道游戏不是这么个玩法，正常玩法都是打怪升级——可是你的游戏有 bug！最易于让人激动的，莫过于在别人的错误面前，炫耀自己的智力优势。于是一个好端端的游戏，就变成了玩家与程序员斗智斗勇。

玩家心里当然知道正常游戏的玩法，但冒着注销的危险，找到游戏 bug 利用之，让程序员抓狂的快感太过于强烈，难已控制。

7

一半是火焰，一半是海水。

一半是天使，一半是恶魔。

这就是人性。

人性一维二元，就是这样纠结！

8

说事时，我们经常会问对方：你是怎么想的呢？

这时候，对方脸上就会露出极度痛苦扭曲的表情——除非在高压下，此时所有人的心情，都是相互矛盾的。他一方面想要配合你，承认你说得有道理，另一方面却执拗地想要说，你用的某个字眼是错的，又或是不周密的。但说这些又会引发无谓的争论，他真的不想争论，但又控制不住争论的冲动。

家长训斥孩子、老板训斥员工、上级呵斥下级、女孩呵斥男朋友——凡此种种，你都会在挨训一方脸上看到倔强、强行压抑、不想争辩却又忍不住的悲愤。

人心的一半是合作，另一半是对抗。

并非父亲的训斥、老板的咆哮、上级的吼叫、女孩的愠怒真的有什么过错，而是对抗的心，让自己变成一个拧巴的样子。

正因为要对抗、要拧巴，明知道是对的，非要固执抬杠。

有多少美好人生，大好事业，就是在这种抬杠之心、顶牛之意的控制之下，毁之一旦。

9

人与人，至难莫过于合作。

因为人性是二元的，每个人都满怀真诚的合作意愿，但同时，又有着强烈的对抗情绪。合作意愿有多真诚，对抗情绪就有多强烈。越是事业无成之人，越是会被这两种对冲的情绪牢牢控制，陷入激烈的内心争斗。

许多人一事无成，却日渐消瘦。他们哪怕是在沙发上躺一天，都会把自己累到半死——就是因为他们的心，陷于激烈的争斗之中，这种争斗消耗了太多的能量，让这些人日渐羸弱。

真正干成事业的人，大多数时间处于工作状态之中，大脑不得空闲，这就脱离了内心的争斗。遇事做事，有话说话，活得干脆麻利，痛快爽朗。这类人体能没有过多消耗，心地纯净，纵然是活到老，也是生龙活虎，走起路来迅捷利落，仍然保持着孩童的天真，活得快乐而自然。

我们应该成为什么样的人？

答案不言而喻。

10

认知人性，学会合作。

人性是一维二元的，有合作要求，也有对抗冲动。哪怕是再圣洁的使徒，也无法逃脱人性的制约。

没人能够控制天性中对抗的欲望——唯一的解决之道，就是让自己成为谋事之人。

谋事，心无杂念，不求什么合作也不想什么对抗。所谓合作不过是你的事业与他人的事业自然对接，双方在这个过程中各取所需，获得各自成长的机会。

如遇对抗，必然不是单方面的。我们自身并不完美，任何不足都会生出对抗心。有对抗是正常的，重要的是要学会化解对抗，而非激化对抗。化解对抗首先是认知自身的情绪，激化对抗则恰恰相反。

谁不是一边热爱生活，一边不想活了呢？

平静、温和、微笑、关注。

平静的心、温和的态度、微笑的表情、关注的眼神，所有这些，都会让我们内心的情绪回复到一个平和状态。

于今天的人类社会，再也没有孤胆英雄。再小的事业，也需要合作者的鼎力相助。不肯克制己身对抗天性的人，就会被排除到社会化大生产之外，终日抱怨不休，却无法获得他人的认可。在这个世界上，每个人都在不懈努力，修习人性。而我们自己，哪怕事业再如日中天，如果不懂改善自我，只知压制别人，也不会有什么成就。上善若水，君子不器。静坐常思已过，闲谈莫论人非，就从现在开始，放开心中的纠结与固执，积极合作，放弃对抗，走出积怨与责怪，消弥情绪所带来的错觉，获得充盈着智慧、自由与快乐的人生，才是我们生命的应许之地。

## 好的生活，都是从苦里熬出来的

——— 文 | 十三夜

1

零点左右，打开微博，看到粉丝给我留言：亲爱的十三姐姐，你喜欢现在的生活吗？

我没有丝毫犹豫回复道：喜欢，但我相信还会有更好的生活。

我的童年是在乡下度过的，那里是我的根，生命初始的地方。

那时候，我每天最喜欢做的事就是和小伙伴去小河里捉鱼，去油菜地找猪草，吃过晚饭，一起去玩过家家、捉萤火虫。

村里的夜路从来不会让人害怕，月亮又大又圆，我的家青瓦片、红砖墙，家里的院子是石头砌的，家里养着几头猪、几只鸡，唯一的交通工具是一辆二手的摩托车。

哪怕十几年过去了，我还记得母亲学摩托车时，因为油门加得过大，整个人在我目瞪口呆之下飞了出去的事，她学摩托车只是因为去赶集的时候可以少走一点路。

我不知道她哪里生出那么大的勇气，纵使被摔伤，纵使跌倒了，但她没有抱怨过一声“疼”。我心里明白，她只是希望生活更好一点而已。

2

雨天，因为瓦片搭得不好，总是会漏雨，家里没有天花板，总会有虫子掉在我身上引起过敏。我没有自己的房间，和母亲、妹妹挤在一张床上睡。

那时也没有网络，村子到县城的柏油路没有修好，隧道还没有通，去县城读书，回家要坐五六个小时的车，走的还是曲曲折折的山路。

那时候，我对生活最大的愿望就是有一间独立的房间、一张柔软的床和一个有天花板的屋子，我多么希望我还拥有一个毛茸茸的玩具。

后来，因为成绩好，我到了城里去念书。十岁那一年，母亲外出打工被骗了钱，又生了重病，靠东拼西凑和亲戚的帮衬终于做了手术。

我和小两岁的妹妹周末的时候要寄宿到县城的亲戚家，那时我和妹妹总是被嫌弃，被赶来赶去的。

小小的妹妹眼里总是含着泪光，我摸摸她的头，说："玲玲，你不要哭，还有姐姐，我们长大以后会更好。"

3

那是怎样的时光呢？想起来像是一场梦。

那时的我，从未想过会离开小村子，离开小县城，去大一点的城市里生活。

在年幼的我看来，被寄宿在亲戚家是要看人脸色的，父母生了重病，没有钱更是可怕，我的母亲那一次差点因为错过手术的最佳治疗时间而有生命危险。

我的童年与少女时代，总是被贫穷与自卑紧紧包围，念中学的时候，我因为被要求写"贫困申请补助"和爸妈大吵了一架，甚至不想去学校上课，我不知道十几岁的我怎么会如此敏感。

只记得那时，每到开学，同学家都能够及时缴学费、缴书费，而我家，母亲总是问我能不能申请一下贫困补助，或者到处去问能不能跟哪个亲戚借一借。

在我心里，生活是可怕的，不知道什么时候才会一点点好起来。

那时候，我对生活最大的愿望就是长大以后有自己的房子，赚自己的钱，不用看谁的脸色过日子。

4

等我渐渐长大才明白，母亲的生活何其艰辛，养育两个女儿，又要操持生活，时常入不敷出，东拼西凑，才能保证正常的生活。

我的青春期与母亲之间总是充满着火药味，每到夜里，我总是一个人躲在被窝里悄悄流眼泪，我不知道，为什么自己的亲生母亲总是不能够理解我。

但幸运的是，母亲从未让年纪小小的我嫁去别人家，换取几万元彩礼费。

她总是对我说："闺女啊，你要好好念书，你的日子是过给你自己的。"

大学以后，家里也翻修过一次，母亲的米酒生意越做越好，基本生活不成问题。

而我在大学期间，除了读书，会写书赚稿费，并且出版自己的书籍，还帮出版公司做选题策划，有时候，为了一个选题的点子要去看几十本同类书籍的目录；有时候，为了写一篇好稿子不敢出去逛街，不敢出去看电影，不敢出去约会，而是看别人优秀的文章分析总结，然后，自己根据生活的点点滴滴来构思叙述。

那一年，我不敢谈恋爱，除了上专业课就是待在图书馆里，到了周末就去做家教，一个小时五十元。有时候去超市门口做促销，一个小时六十元，要站一天，然后要自己解决吃饭问题。

脚疼的时候，能够疼上一两天。

想哭的时候，总是要把眼泪忍回去，告诉自己，生活不会总是这样难过下去。

5

许多年轻的朋友总喜欢问我，喜欢现在的生活吗？

我没有任何犹豫就说喜欢。

这一年，我终于有勇气离开那个小村子、那个小县城，离开那个物质与思想贫瘠的地方。

我工作的地方在高高的写字楼里，办公室里，绿植很清新，背靠的皮质座椅比我小村里那张硬硬的床不知强了多少倍。

我一个人生活，住在空荡荡的房间，有时间的时候就自己做饭吃，有时候下面条，有时候炒几个家常菜，配着白米饭能吃两大碗。

生活无非就是对自己好一点，多疼爱自己一点。

我一个人上班，横穿东西，来来回回有两三个小时要花费在交通上，有时候加班，经常十一二点才到家，睡前几十分钟打开电子书架看上几十页书。

生活无非就是对自己狠一点，不要害怕吃苦。

生病的时候，得一个人去医院，一个人去排队挂号，一个人挂水，因为没人陪着，再困也不敢睡去。

你会发现，生活里大部分是一些难熬的时光，但你不能因为辛苦，就轻易选择放弃，因为更好的生活在后面，你不去努力，就无法拥抱。

但凡好的生活，都是一个人从苦里熬出来的。生活里我们会面临许多辛苦，挺过去便是晴天。

图书在版编目（CIP）数据

越野越美越灿烂 / 美文日赏主编. -- 南京 : 江苏凤凰文艺出版社, 2018.6
ISBN 978-7-5594-2139-5

Ⅰ. ①越… Ⅱ. ①美… Ⅲ. ①故事—作品集—中国当代 Ⅳ. ①I247.81

中国版本图书馆CIP数据核字(2018)第106663号

| 书　　名 | 越野越美越灿烂 |
|---|---|
| 主　　编 | 美文日赏 |
| 出版统筹 | 汪修荣　邹立勋 |
| 选题策划 | 石　颖 |
| 责任编辑 | 胡小河　姚　丽 |
| 文字编辑 | 李璐君 |
| 责任监制 | 刘　巍　江伟明 |
| 出版发行 | 江苏凤凰文艺出版社 |
| 印　　刷 | 湖南关山美印有限公司 |
| 开　　本 | 880×1230毫米 1/32 |
| 字　　数 | 155千字 |
| 印　　张 | 9 |
| 版　　次 | 2018年6月第1版，2018年6月第1次印刷 |
| 标准书号 | ISBN 978-7-5594-2139-5 |
| 定　　价 | 39.80元 |

（江苏凤凰文艺版图书凡印刷、装订错误可随时向承印厂调换）